Autoren:

Jörg Körner - Alltagsstorys

Die Lyrikerin Anni Kloß mit Gedichten

Ewa - eine Geschichtenerzählerin

Mimi H. - humorvolle Verse

Heinz Schubert aus Dölau - ein lyrisches Gedicht

und

Max Balladu als Autor und Herausgeber

Inhalt:

Das vorliegende Buch ist eine Anthologie, die Geschichten und Erzählungen verschiedener Autoren, die Reste von Balladus Messwartengeschichten sowie Gedichte von Anni Kloß und anderen enthält.

Lose Blätter

Oder

Blütenlese

Eine Anthologie von

EWa, Jörg Körner, Anni Kloß, Mimi H, Heinz Schubert und Max Balladu

Kurzgeschichten und Gedichte

Ein Lesebuch

Herausgegeben von Max Balladu

Umschlaggestaltung, Illustration: Balladu, Helene Paetz
Lektorat, Korrektorat: Anni Kloß und Balladu

Bibliografische Information der Deutschen Nationalbibliothek:
Die Deutsche Nationalbibliothek verzeichnet diese Publikation in der deutschen Nationalbibliografie; detaillierte bibliografische Daten sind im Internet über http://dnb.d-nb.de abrufbar.

© 2019 Max Balladu

Herstellung und Verlag:
BoD - Books on Demand, Norderstedt
ISBN: 978-3-7494-6580-4

Inhaltsverzeichnis

Die Autoren schulden Frau Helene Paetz und H. F. Moritz Dank fürs Lektorat und die Zurverfügungstellung der Zeichnungen auf der Covervorder- und Rückseite.

Es gibt nach wie vor zum besseren allgemeinen Verständnis der Stories Informationen auf den Webseiten:

www.mensch0815.de

und noch bis Januar 2020 auch auf

https://maxballadu.blog

Wichtige Abkürzungen im Buch

E	- Ethylen	- C_2H_4
B	- Chlor	- Cl_2
O oder O_2	- Sauerstoff	- Oxygen
C oder Ede Ceh	- Ethylendichloride	- EDC
HCl	- Chlorwasserstoff	
V	- Vinylchlorid	- VC
PLAST	- Polyvinylchlorid	- PVC
W	- Wasser	- H_2O
Kata K	- Kupferchlorid	- $CuCl_2$
Kata F	- Eisen(III)-chlorid	- $FeCl_3$

LOB: Die Gesellschaft ist 1995 aus der Privatisierung der LUNA-Werke, des Olefinwerks und Teilen von Beuna hervorgegangen.

OPA Industrial: Eine amerikanisch-französische Firma - Ouvrage de Paille -, die 1995 das, schon etwas zu LOB geschrumpfte Kombinat VEB Chemische Werke LUNA, in dem bis zur Wende 18 Tausend Menschen beschäftigt waren, übernommen hatte. Heute arbeiteten hier noch circa 2000 Angestellte. Von den vielen alten Fabriken ist nichts mehr übrig geblieben bis auf die in den 70-er und 80-er Jahren gebauten Kautschuk und PLAST-Anlagen. Mit den von OPA an diesem Standort neu errichteten chemischen Fabriken gehört das Werk gegenwärtig zu dem modernsten Europa, vielleicht sogar der Welt.

OPA-CG: Darin bedeutet CG - Central Germany

Ouvrage de Paille: Kann man mit Stroharbeit übersetzen. Das Wort klingt vielleicht ein bisschen fremd, doch darin steckt der Gedanke der Natürlichkeit. Und genau das ist die Idee, dass der Name allzeit daran erinnert, dass der Mensch zwar danach trachten kann künstlich der Natur so nahe wie möglich zu kommen, aber ohne sie zu gefährden. Zumindest waren das die Gedanken des Gründers von OPA Industrial, Pierre Camus, Anfang des 20. Jahrhunderts.

Max Balladu - Aller Anfang ist schwer

V-Fabrik, Dienstag 16. Oktober 2001

Thomas Prost, der 58-jährige Leiter der C-V-Anlage, betrat die Messwarte, betrachtete kurz die Bildschirme, ging an einen näher heran und klopfte dem davor sitzenden großen und schlanken Mann, der trotz seiner knapp sechsundzwanzig Jahre bereits von Frau und Kind geschieden war, ohne Worte auf die Schulter. Der Anlagenfahrer sah zu Prost hoch. „Da zurzeit keine Reparaturen anstehen, wollten wir die Spaltung gleich wieder starten. Spricht etwas dagegen?"

Prost schüttelte den Kopf. „Nein, das ist okay." Nach kurzem Schweigen fügte er noch hinzu, „was macht deine Tochter?"

Jonny Adler winkte nur kurz ab.

„Nicht aufgeben." Prost klopfte ihm noch einmal auf die Schulter. „Du wirst eine Lösung finden. Das Wichtigste ist, dass es deiner Tochter gut geht. - Geht es ihr gut?"

Adler nickte, „ich denke schon."

Nachdem der Operator Günther Hossa von außen gemeldet hatte, dass der HCl-Ausbruch gestoppt war, lockerte sich die Stimmung der Bedienmannschaft und es flackerten wieder Gespräche auf. Die Spaltung war zwar abgestellt, aber alle anderen Anlagenteile liefen stabil.

Inzwischen hatten sich die Operator um Prost versammelt, zu dem sich inzwischen sein Vertreter, der 48-jährige, männlich attraktive C-Experte Harry Kupfer gesellt hatte. Sie wussten, dass bis zum erneuten Anfahren der Anlagenteile längere Zeit vergehen würde und spekulierten darauf, dass ihr Leiter oder, was wahrscheinlicher war, sein Stellvertreter, wieder einmal kleine Geschichten aus der Anfangszeit der Anlage erzählen würde. An den Storys zum Betrieb ihrer Anlage zur DDR-Zeit, waren alle interessiert. Na ja, mehr oder weniger, aber das - weniger - konnte Harry kaum vom Erzählen, einer seiner Lieblingsbeschäftigungen, abhalten.

Prost bemerkte das, nahm einen Stuhl und setzte sich, während Kupfer stehen blieb. „Gibt es ein spezielles Thema, das euch interessiert?" Fragte Prost und sah zu Balla, „natürlich außer Gruppensex."

„Schade Doc, genau dazu hätte ich noch eine Detailfrage gehabt." Der knapp fünfzigjährige, mittelgroße, ehemalige Seemann war ein Urtyp, ein wandelndes Spruchbuch und einer, der außerdem immer für Witzeleien zu haben war.

„Wie war das damals in den Siebzigern," fragte Jonny, ohne sich von Ballas Frage beeindrucken zu lassen, „beim ersten Anfahren?"

„Das war 1979, du Depp," konnte Balla sich nicht bremsen zu bemerken.

„Für den Anfahrprozess, der" Prost sah von Balla zu Adler und wieder zurück, „übrigens bis März 1980 dauerte, kamen in der zweiten Hälfte 1979, zwei promovierte Chemiker, zwei Meister und zehn Anlagenfahrer aus der Produktionsanlage der Boechst in der Nähe von Köln zu uns. Sie machten die Arbeit. Unser Anlagenpersonal lief nebenher und schaute ihnen zu. - Ich auch. - Könnt ihr euch noch an die ersten Verriegelungskontrollen erinnern, Harry, Emil?"

„'Vorher weiß man es - richtig hinterher',“ zitierte Balla und fuhr mit der Hand durch die Luft, stand auf verbeugte sich kurz vor Kupfer, „sogar ‚Ich-habe-immer-recht-harry' hat damals alt ausgesehen.“

„Das gebe ich gerne zu,“ bestätigte Harry Kupfer, „es fällt mir auch nicht schwer darüber etwas zu erzählen. Zum Beispiel meine erste Verriegelungskontrolle in der Rückstandsverbrennung.“

Messwarte, Montag 8. Oktober 1979

„Herr Kupfer, was müssen sie denn jetzt noch machen, damit das Heizgas aufgefahren und die nächste Abschaltung geprüft werden kann?“ fragte Meister Hahn, der praktische Leiter des Anfahrteams der Firma Boechst für den C-Teil der V-Anlage, mit einem leichten, etwas suffisantem Lächeln, den für diese Aufgabe zuständigen stellvertretenden Schichtleiter, einen sportlichen jungen Mann, der erst vor ein paar Monaten als frischgebackener Diplomchemiker von der Hochschule in Merseburg zur neuen V-Fabrik gekommen war. Hahns Kollege Timmer sah seinem Chef aufmerksam zu und versuchte den ostdeutschen Kollegen, zu denen neben Balla und der kleinen, erst achtzehnjährigen rothaarigen Streller, die ihre Kollegen nur Kecke nannten, auch Dr. Prost gehörte, die Antwort vorzusagen, denn keiner von diesen wusste, was hier zu machen war. Es war nur logisch, dass niemand auf die Aufforderung des Meisters aus Hürth reagierte. Hahn zog lässig einen Schlüssel aus der Tasche, steckte ihn in ein dafür vorgesehenes Schloss, drehte ihn eine halbe Umdrehung, worauf ein rotes Lämpchen neben dem Schlüssel aufleuchtete, während im oberen Teil der Messtafelwand zwei rote Signale verschwanden.

„Jetzt können sie das Heizgas auffahren lassen, Herr Kupfer", sagte er nun gemütlich.

Kupfer brummte, „Kecke, mach mal."

Zögerlich drehte die Angesprochene daraufhin zwar am richtigen Knopf, aber - nichts rührte sich.

„Sie haben etwas vergessen, Frau Streller", sagte Hahn und Timmer versuchte wieder, insbesondere dem ostdeutschen Doktor, zuzuflüstern, „das Knöpfchen, das Knöpfchen."

Aber auch der promovierte Ingenieur hatte keine Ahnung, was der freundliche Westgermane meinte.

„Na gut, sie werden es schon noch lernen", sagte der Meister, drückte auf einen Taster gleich neben dem Schlüssel mit dem benachbarten roten Lämpchen und siehe da, die Heizgasventile fuhren auf.

Hahn, der ein Sprechfunkgerät in der Hand hielt, führte es zum Mund und drückte die Sprechtaste. „Jetzt, Herr Herrbeck, Temperatur hoch."

Sofort leuchteten wieder rote Signale im oberen Bereich des Messtafelfeldes, die Heizgasventile fuhren wieder zu und die Hupe ertönte.

Egon Timmer verließ schnell die Messwarte und Balla rannte ihm nun schon zum hundertsten Mal an diesem Tag hinterher in Richtung Rückstandsverbrennung, um hier vor Ort zu kontrollieren, ob alle Ventile richtig geschlossen waren.

Seit etwa einer Stunde führten die zwei Westdeutschen gemeinsam mit dem DDR-Anlagenpersonal eine Verriegelungskontrolle zur Prüfung aller Notabschaltungen für diesen Anlagenteil durch. Meister

12

Hahn und sein Stellvertreter Timmer amüsierten sich königlich, dass ihre ostdeutschen Kollegen ihren gezielten Handlungen kaum folgen konnten.

Obwohl der sportliche Timmer schnell war, blieb ihm Balla auf den Fersen. Langsam wusste auch er, wo sich die einzelnen Schnellschlussventile für Heizgas und die der diversen Abgase befanden.

V-Fabrik, Dienstag 16. Oktober 2001

„Interessant zu hören, dass es euch damals auch so gegangen ist," sagte der erst 1995 direkt nach der Lehre zum V-Team gestoßene Jonny Adler, der inzwischen ein exzellenter Anlagenfahrer geworden war, „ich habe anfangs auch gedacht, ‚das begreifst du nie Adler'."

„Deine Story, Harry, war doch langweilig," brummte Balla, „ich erinnere mich da an viel spannendere Szenen." Nach einer kurzen Kunstpause, während der er sich, Interesse erhoffend, nach seinen Kollegen und Kolleginnen umsah, fuhr er energisch fort, „in dieser Zeit hat es doch auch am Passstück des Spaltofens gebrannt!"

Für einen Moment herrschte angespannte Stille. Die meisten erwarteten wohl eine Reaktion vom Doc, die auch nicht ausblieb.

„Fast Emil, nur fast," sagte Prost schmunzelnd, „zum Brand ist es ja nicht gekommen."

„Eigentlich schade. Dann hätten wir das später nicht mehr ausprobieren ..." Balla hob beschwichtigend beide Hände, „... schon gut Doc, aber damals hätten ohnehin die Wessis zahlen müssen. - Auf alle Fälle passt diese Story besser zur heutigen Störung?"

13

„Das stimmt Emil," bestätigte Prost und sah zu Harry Kupfer.

„Das musst du schon erzählen Thomas," Kupfer schwenkte seinen rechten Arm in Richtung seines Kollegen, „ich war bei der Sache nicht mit dabei."

Prost sah sich in der Runde um und bemerkte, dass ihm sehr wache Augen entgegenblickten. „Als ob du dabei gewesen sein musst, um eine Story zu erzählen, Harry. Aber gut, dann bin ich dieses Mal dran. - Ja, die Westdeutschen sind absolut souverän, auch mit dieser Situation umgegangen. Bis wir so cool sein würden, sollte noch viel Wasser die Saale hinunterfließen."

Messwarte, Mittwoch 24. Oktober 1979

„Das Passstück ist undicht!", schrie der Westoperator Walter Lemke in die Messwarte hinein und fügte angespannt noch lauter hinzu, „es wird brennen!"

„Mach keine Hektik, Lemke!" knurrte der kleine rothaarige Meister Russeck, der von der Firma Boechst für diesen Anlagenteil zuständig war und sah finster auf seinen Anlagenfahrer. „Welcher Ofen ist es denn?"

„Der Einser, der Einser", antwortete der Operator nervös.

Der Meister winkte ihm daraufhin unwirsch zu. „Hol den Köhler und komm mit ihm zum Spaltofen."

„Unseren Kö..."

„Lemke!" schnauzte der Meister unwirsch und der Operator verschwand.

„Sie wollen die Schrauben nachziehen Herr Russeck", fragte, mit einem Anflug von Unmut, der ostdeutsche Anlagenleiter Dr. Blücher, der seinem Namen alle Ehre machte, bisher aber still dem Disput zugehört hatte, „obwohl der Ofen weiter in Betrieb ist?"

„Na klar, Horst", mischte sich nun sein schnurrbärtiger, schlank und sportlich wirkender Stellvertreter Dr. John ein, der zuständige Fachingenieur für diesen Teil der Anlage, „was hast du denn gedacht? Das machen doch alle so."

„Von wegen alle", protestierte Blücher.

Aber der Meister aus dem Westen beruhigte ihn, „keine Sorge Herr Doktor, noch sind wir ja verantwortlich."

Trotzdem rannten Blücher und John ihm jetzt hinterher, als Russeck, sich einen Feuerlöscher von der Wand nehmend, die Messwarte verließ und zum Spaltofen eilte. Der Weg dahin war kurz, denn die Spaltung lag direkt neben dem Messwartengebäude in südlicher Richtung und der Ofen 1 war von hier aus auch der Erste.

„Ausgerechnet auf der Ofenseite", konstatierte der Meister, „wo bleibt denn der Lemke mit dem Köhler. - Ah, da kommen sie ja. - Adolf hierher, nicht an der Quenche, hier am Ofen."

„Schon gut, Willi, ich bin doch nicht blind." Köhler winkte Russeck im Vorbeigehen kurz zu.

„Walter, nimm den Feuerlöscher mit!" Der Meister hielt Lemke das Gerät entgegen und rief beiden noch hinterher, „das Zeug kann sich ganz schnell entzünden! Passt also gut auf!"

Das zweiteilige Passstück, das aus einer 0,5 m langen Erweiterung vom Durchmesser der Spaltschlange von 150 auf 250 sowie einem 2,5 m langen Rohrstück der NW 250 bestand, führte das 520 °C heiße Reaktionsgas zur Quenche, wo es auf 100 °C abgekühlt wurde.

Der westdeutsche Monteur Köhler mit braun gebranntem, kantigen Gesicht rannte, den großen Maulschlüssel in der einen und einen kurzstieligen, schweren Hammer in der anderen Hand hin und her schwingend, die Gitterroststufen bis in die zweite Etage des Ofens hoch, stülpte sich die Schutzmaske über den Kopf, ging auf der Bühne bis zur Stirnseite des Apparates, schob ohne zu zögern den großen Maulschlüssel auf die erste Mutter und schlug mit dem schweren Hammer auf den Hebel des Schlüssels, sodass die Mutter sich sofort bewegte. Doch die austretende Gasmenge wurde nicht weniger, im Gegenteil sie vergrößerte sich. Das vorher leise Zischeln war lauter geworden. Während Lemke schnell einen Schritt zurück machte, ließ sich Köhler davon nicht beeindrucken, setzte das Werkzeug an die nächste Mutter und schlug erneut kräftig zu. Das Zischeln wurde wieder leiser. Köhler schob den Schraubenschlüssel auf die nächste Mutter, schlug wieder zu und das Zischeln hörte ganz auf.

Der Monteur riss sich die Maske vom Kopf, der Schweiß tropfte von seiner Stirn, denn es war hier sehr heiß.

Das Passstück hatte am Austritt des Ofens eine Temperatur von 520 °C.

Trotzdem setzte Köhler seine Arbeit schleunigst fort und zog alle Muttern in der gleichen Art und Weise nach, wie er das mit den anderen gerade vorher getan hatte.

„Soll ich auf der gegenüberliegenden Seite auch gleich weitermachen, Willi?" brüllte er jetzt von der Bühne nach unten.

„Nein, das genügt!" antwortete Russeck bestimmt und winkte nach oben, „gut gemacht, Adolf."

Köhler winkte mit Maulschlüssel und Hammer zurück, während Lemke neugierig, aber vorsichtig mit respektvollen Blicken den Flansch betrachtete.

V-Fabrik, Dienstag 16. Oktober 2001

„Ihr könnt euch jetzt sicher vorstellen, dass unsere Probleme sofort begannen, nachdem diese - erfahrene - Truppe uns verlassen hatte." Prost sah schmunzelnd in die Runde seiner Anlagenfahrer, die sich inzwischen noch vergrößert hatte. „Deren Abgang fiel fast genau mit dem Honecker Besuch am 13. März 1980 zusammen. Wir waren an diesem Tag zum ersten Mal mit unserer Anlage allein und sicher nicht nur ich fragte mich: Würde das gut gehen?"

C-V-Anlage, Donnerstag 13. März 1980

Natürlich ging es nicht gut!

Obwohl anfangs alles so rosig angefangen hatte.

Am 13. März 1980 kam Erich Honecker zur Übergabe des Gesamtkomplexes B - V - PLAST zu einem Besuch nach LUNA.

Der führende Staatsmann der DDR sollte auch in die C-V-Anlage kommen. Das war gleichzeitig der

Startpunkt für die Mannschaft von Boechst den Anlagenbereich zu verlassen.

Die Fabrik war komplett in Betrieb und lief sehr ruhig, als wollte sie zum Staatsbesuch keinen Ärger machen. Nur handverlesenes Personal durfte vor der Messwarte Spalier stehen oder gar sich im Kontrollraum aufhalten.

Prost, damals noch Abschnittsleiter für den C-Bereich, streifte durch die Anlage. Er gehörte nicht zu den Auserwählten.

Als der Bus mit Honecker kam, postierte sich der Ingenieur im Apparategerüst der Rückstandsverbrennung, von wo aus er den Eingang der Messwarte gut beobachten konnte, ohne selbst gesehen zu werden. Mit Erstaunen und Belustigung stellte er fest, dass im Spalier vor dem Messwartengebäude der Westoperator Walter Lemke von Boechst mit rotem Fähnchen Erich zuwinkte. Er hatte sich eine blaue Wattejacke von einem Anlagenfahrer geben lassen und fiel so gar nicht unter den anderen auf. Lemke musste wohl auch den Sicherheitsleuten ein Schnippchen geschlagen haben - oder - war er...?

Honecker sprang leichtfüßig aus dem Bus, schritt mit freundlichem Lächeln im Gesicht durch das Menschenspalier, betrat das Messwartengebäude, ging weiter durch den Flur, die Schleuse und betrat die C-V-Messwarte, einen nur fünf Meter breiten, aber mindesten zwanzig Meter langen Raum dessen komplette rechte Seite eine Respekt einflößende Fülle von Messgeräten und Reglern aufwies. Etwa in der Mitte dieser Fläche befand sich ein Pult mit dem Tableau der internen Rufanlage des Betriebes und drei Telefonen. Um Honecker herum schwirrten Reporter, dazwischen bewegten sich ruhig unauffällig die Sicherheitsleute.

Besonders Fritz Pleitgen vom bundesdeutschen Fernsehen versuchte ständig Honecker ein paar Fragen zu stellen, bis der ihn freundlich zurechtwies, „sie kriegen schon noch ihr Interview Herr Pleitgen."

Honecker ging auf Hans Stock zu und reichte diesem die Hand. „Das sieht ja imponierend aus. Wie arbeitet ihr damit? Ich bin ja nur Dachdecker und verstehe nichts davon."

Ruhig, als würde er jeden Tag mit Staatsoberhäuptern verkehren, antwortete Hans, „von hier aus steuern wir die C-V-Anlage, Genosse Generalsekretär, mit Reaktion, Destillation, HCl-Rückgewinnung und Abwasseraufarbeitung."

Honecker ging weiter zu Gustav Müller und Walter Bukau, drückte auch diesen die Hand, wurde dann zu einem kleinen Tisch gelenkt, auf dem ein Gästebuch lag, setzte sich und unterschrieb einen bereits vorbereiteten Eintrag. Honecker erhob sich wieder, sah noch einmal in den Raum mit der langen, eindrucksvollen Messtafelwand und schritt energisch auf den Ausgang zu, durchquerte Schleuse und Flur, eilte durch das Spalier, wieder freundlich nach rechts und nach links grüßend und verschwand in dem Bus, der sofort abfuhr. Innerhalb von zwanzig Minuten war der ganze Spuk vorbei und die Kollegen der V-Fabrik allein mit ihrer Anlage.

Die gleichmäßigen Geräusche des laufenden Werkes wurden durch die Rufanlage übertönt: „Dr. Prost bitte zur Messwarte kommen, die Eisenwerte fallen."

Die Katalysatorzufuhr zum Reaktor war verstopft. Die Anlagenfahrer mussten alles auseinandernehmen, reinigen und wieder zusammenbauen.

Kaum funktionierte die Katalysatorförderung wieder, schallte es aus dem Lautsprecher: „Thomas, Probleme mit der Entwässerungskolonne!"

„Okay macht den Sumpfablauf zu, ich komme rein."

Gemeinsam suchten und fanden sie den Fehler, aber die Aktion dauerte zu lange. Es waren gerade einmal sechs Stunden seit Honeckers Besuch sowie dem Abzug der Wessis aus der Anlage vergangen und die V-Fabrik lag schon auf der Schnauze. Was waren das nur für Helden, diese Prost, Kupfer und Konsorten?

V-Fabrik, Dienstag 16. Oktober 2001

„Ja, damals haben wir oft ziemlich alt ausgesehen", kommentierte Kupfer Prosts Story und fuhr fort, „es hat ein Weilchen gedauert, aber so nach und nach haben wir es doch geschafft."

Der Betriebsleiter vollendete den Gedankengang seines Stellvertreters und Freundes, „heute sind die damals in der C-V-Anlage herumirrenden Ingenieure und Anlagenfahrer die geachteten Experten."

„Doktor, der Jonny will unbedingt wissen, wie wir uns damals vorbereitet haben", sagte Balla.

„Weil du ja vorhin erzählt hast", ergänzte Hossa etwas brummig, „dass wir alle, einschließlich deiner Person, keine Ahnung von der Anlage hatten."

„Und?", fragte Prost abwinkend, „warum habt ihr das nicht erzählt?"

Günther grinste, „Balla ist jetzt im reiferen Lebensalter und da ist er schüchtern geworden."

„Von wegen schüchtern", entrüstete sich Emil, „ich wollte nur den Doc nicht bloß stellen."

Prost lachte laut auf und stellte mit Erstaunen fest, dass sich sofort alle Anlagenfahrer erneut um ihn und Kupfer scharten. Dem Ingenieur kam das vor, wie zu Hause im Kreis der Familie. Da wunderte es ihn auch immer, mit welchem Interesse seine erwachsenen Söhne den Storys aus ihrer Kindheit lauschten. Diese, von Balla angesprochene Geschichte musste auch er erzählen, denn Kupfer war damals erst ganz neu zu ihnen gestoßen. Prost ließ er sich nicht lange bitten und begann zu erzählen.

„Drei Monate vor Fertigstellung der Anlage, die für den Herbst 1979 geplant war, begannen wir, die Ingenieure und Chemiker der C-V-Anlage, mit unserem fast nur theoretischen Wissen die Operator zu schulen.

❖

LUNA-Stammwerk, Donnerstag 24. Mai 1979

Arbeiter auf der Schulbank, das war natürlich eine vertrackte Geschichte. Als Prost an einem Tag seinen Vortrag mit den Worten abschloss, „ich fasse noch einmal kurz zusammen: In den Destillationskolonnen wird also für die Trennung der Komponenten und letzten Endes für die Reinheit des Produktes gesorgt. - So und was gibt es jetzt noch für Unklarheiten?" meldete sich Balla.

„Na ja," begann er ernst, sah sich dann grinsend nach seinen Kolleginnen und Kollegen um, „was versteht man eigentlich unter Gruppensex?"

Die Mannschaft erwachte schlagartig, es wurde laut, aber dann warteten die meisten gespannt auf die Reaktion des promovierten Ingenieurs auf die provozierende Frage.

Der Doktor wartete, bis wieder Ruhe eingetreten war und sagte dann leichthin, „na ganz einfach", sah in die Gesichter der skeptischen Operator, „wenn mehrere Männer an einer Kolonne herumfummeln!"

Lautes Gelächter erfüllte den Schulungsraum. Die müden Augen der Männer und Frauen weiteten sich und plötzlich waren alle wieder hellwach. Das war der erste Erfolg für den Doktor, denn den Menschen gefiel diese Schlagfertigkeit.

Aber Balla gab sich noch nicht zufrieden. „Das heißt, wenn wir nächste Woche in die Anlage gehen und uns die Kolonnen ansehen, ist das dann Gruppensex?"

Prost hatte noch nie in seinem Leben so aufmerksame Zuhörer und er sagte langsam, „natürlich, Emil, mit Ansehen fängt es doch immer an. Und ich kann dir versprechen, dass es ein schöner Anblick wird. Mindestens zehn Kolonnen unterschiedlichster Form und Größe."

Balla sprang auf und spielte Begeisterung. „Sind denn auch ein paar nackte dabei?"

Prost lachte. „Na klar, noch sind sie alle nackt. Angezogen werden sie erst in den kommenden Wochen."

Balla klatschte in die Hände. „Mensch dann müssen wir uns ja beeilen Doktor, wann geht's denn los?"

Prost antwortete lächelnd, „morgen um 9 Uhr. Kannst du es noch solange aushalten?"

„Haste noch nie etwas von Selbstbefriedigung gehört, Doktor", die gesamte Mannschaft starrte Anna Liebig an, eine kleine hübsche Laborantin, die von ihren Freunden ausschließlich Emma gerufen wurde, dass ausgerechnet sie diesen Satz gesprochen hatte, lies alle verstummen und gespannt auf Prosts Reaktion warten.

Auch der Doktor war überrascht, aber nach zwei Sekunden erwiderte er ruhig, „die Selbstbefriedigung ist der einzige Sexualakt, der etwas mit Kultur zu tun hat, weil er ganz aus der Fantasie kommt."

Das Eis zwischen promivierten Ingenieur und Mannschaft war endgültig gebrochen.

Nachdem sich das Getöse gelegt hatte, war Ballas sachlich klingende Stimme zu hören. „Sagt Alberto Moravia. Einige seiner Bücher stehen auf der Verbotsliste des Vatikans."

Jetzt war Prost der Überraschte, ‚Emil Balla liest Moravia?' Das war der erste kleine Fingerzeig für ihn, welche Intelligenz in seiner zusammen gewürfelten Truppe stecken konnte.

In die entstanden Stille hinein sagte Balla für seine Verhältnisse ziemlich sachlich, „habe gerade zufällig das Interview mit ihm aus dem Playboy gelesen, das in einer Ausgabe seines Buches ‚Dr. Jekyll and Mr. Hyde' im Anhang abgedruckt war", und fügte laut, in seiner gewohnten Art, noch hinzu, „Moravia schreibt sehr offen über Sex. Eine Stelle hat mir besonders gut gefallen: ‚Riesig, steif, vom Blutandrang geschwellt, wie ein einsamer Baum in der Ebene unter einem tiefen, heißen Himmel, erhebt er sich fast senkrecht von meinem Leib und wölbt das Laken'. Das hilft auch wunderbar beim Wichsen!"

„Besser wäre natürlich du hättest ganz und gar den Playboy dabei, was Balla?" warf Anna wieder frech ein.

„Oh, ja", lärmte Emil, „kannste mir den besorgen?"

Prost hob den Finger, um die Aufmerksamkeit wieder auf sich zu lenken. „Damit ihr nicht gleich alle die Bibliothek stürmt. Moravia hat immer die Kommunisten gewählt."

Er hatte richtig kalkuliert. Diese Bemerkung ernüchterte die aufgeputschte Truppe. Das nutzte Prost schnell, um die Schulung für heute abzuschließen. „Also, dann sehen wir uns morgen um 9 Uhr an der Pforte zur ersten Besichtigung. Mehr als Anlage ansehen dürfen wir vorerst sowieso nicht."

Und das hatte seinen Grund, denn die Anlage wurde von der westdeutschen Firma Boechst-Buhde, also sozusagen vom Klassenfeind, gebaut. Deshalb war das gesamte Baufeld, wie das Freigelände eines Gefängnisses, eingezäunt. Wenn man da hinein wollte, dann musste man eine Genehmigung haben. Vor jedem Betreten dieses Geländes war es unablässig, sich mit seinem LUNA-Ausweis zu identifizieren, in ein Buch einzutragen und beim Verlassen wieder auszutragen. Natürlich traf jeder, der das Baufeld betrat, auf die Angestellten dieser Firma und deren Subunternehmen. Dafür gab es strenge Regeln. Die wichtigsten waren: Keine private Kommunikation und auf keinen Fall in deren Fahrzeugen mitfahren.

Anfangs versuchten wir fast alle uns daran zu halten, aber da es eigentlich unmöglich und dumm war, ließen es die Kollegen so nach und nach bleiben. Außerdem war mehr oder weniger bekannt, dass die Stasi von LUNA ohnehin alles erfahren würde.

‚Also, was soll's', dachten sich die meisten. Keiner der Anlagenfahrer oder Ingenieure hat darüber länger als nötig nachgedacht. Sie hatten anderes zu tun. In wenigen Wochen würde der Anfahrstart der Anlage erfolgen. Die gesamte Truppe freute sich auf diesen Tag.

V-Fabrik, Dienstag 16. Oktober 2001

„Oha, das ist ja deftig bei euch zugegangen", sagte Jonny, nachdem Prost mit dem Erzählen aufgehört hatte. „Aber jetzt wundere ich mich noch weniger, dass ihr eine so verschworene Truppe geworden seid. Das habe ich im Leben inzwischen auch schon begriffen, dass Offenheit in den menschlichen Beziehungen von wesentlicher Bedeutung ist."

Hossa nickte Balla kurz zu und der wandte sich an Prost. „Aller Anfang ist schwer, sprach der Dieb und stahl zuerst einen Amboss. Was wir bei uns schwer fanden, war die Wäsche." Er sah zwischen Günther, Kupfer und Prost hin und her, „erinnert ihr euch?"

Hossa verzog nur schmerzlich das Gesicht, weil er glaubte, sich noch im Nachhinein schämen zu müssen, dass sie damals dort, in der C-Wäsche, nicht durchgeblickt hatten.

Prost hingegen lachte amüsiert, zumal er wusste, dass diese Geschichte wieder Harry erzählen konnte und er umso besser in Erinnerungen schwelgen konnte.

C-V-Anlage im Jahr 1980

„Emil oder Günther, kontrolliert mal schnell die C-Wäsche. Die Standmessung der Trennschicht im ersten Trennbehälter spinnt." Die etwas nervös klingende Stimme von Marlies Strellers schallte durch die C-V-Anlage.

Nur Sekunden später fragte Hossa in der Meßwarte nach, „was heißt spinnt?"

„Na die Anzeige - spinnt, die schwankt - zwischen 10 und 90 %", die Streller wurde rot im Gesicht und fügte noch unsicherer werdend hinzu, „das eh, kann doch nicht sein eh, oder?"

Hossa brummte nur, „gut, ich sehe nach".

Die Streller wollte schon vom Pult in der Meßwarte verschwinden, als Ballas ernste Stimme aus dem Lautsprecher ertönte, „der Kollege Oder ist nicht in der Wäsche eingetroffen. Soll ich ihn suchen oder veranlasst du das, Kecke?"

Die junge Frau verstand diesen Satz nicht. Das steigerte ihre Verwirrung und machte sie erst einmal sprachlos.

Balla meldete sich noch einmal, „also gut, ich suche ihn, aber sage mir sofort Bescheid, wenn du ihn gefunden hast, okay?"

Vorsichtshalber sagte Marlies, „okay", aber verstanden hatte sie immer noch nicht, was Balla meinen könnte. Erst als ihr Blick auf ihre Kolleginnen Betty, Tanja und Anne fiel und das breite Grinsen in deren Gesichtern wahrnahm, lief sie rot an. Schlagartig war ihr klar geworden, dass Balla sie nur verscheißert hatte. Sie machte einen Schritt zurück ans Pult, drückte die Taste für Sammelruf und brüllte ins Mikrofon, „Balla du Sauhund, wenn du dich hier in der Meßwarte sehen lässt, dann schlagen dich Marlies und Streller zu Puppenlappen und falls du dich jetzt fragst wer und ist, dann sollst du gleich wissen, das ist der Knüppel, der hier immer in der Ecke steht".

Sofort meldete sich Balla wieder. „Lass ja meine Trompete zufrieden!"

Die Frauen lachten laut. Aber nicht hämisch, sondern eher anerkennend, was Tanja mit den Worten, „das war gut gekontert," ausdrückte und Betty ergänzte, „besonders die Idee mit - Und."

Die kleine, rothaarige, manchmal phlegmatische, ein anders Mal cholerische Marlies Streller, hatte 1980 in der V-Fabrik ihre Lehre als Chemiefacharbeiter abgeschlossen und war zusammen mit den anderen weiblichen Lehrlingen Tanja Büchner, Betty Kunze und Anne Liebig in das Stammpersonal der Anlage übernommen worden. Es fiel ihr nicht leicht, sich mit der Technologie der C-V-Herstellung anzufreunden. Wenn sie kritisiert wurde, schaltete sie sofort auf stur und dann war nichts mehr mit ihr anzufangen. Sie demonstrierte flugs Gleichgültigkeit, die ihre Freunde zur Weißglut bringen konnte. Es sah damals nicht so aus, als würde sie längere Zeit in der CV-Anlage zubringen, weil, abgesehen von ihrem Verhalten, ihre Fähigkeiten zu begrenzt erschienen.

Harry Kupfer, ihr damaliger Schichtleiter, kümmerte sich um sie, wie um eine Tochter. Auch ihr Abschnittsleiter, damals war das Thomas Prost, versuchte ihr den Weg zu ebnen. Trotzdem stagnierte ihre Entwicklung. Zu ihrem Glück war die junge Frau mindestens genauso zäh, wie sie stur sein konnte, und sie besaß den festen Willen, sich durchzubeißen.

„Was ist los, Kecke?" fragte ihr Schichtleiter Harry Kupfer, der gerade zusammen mit ihrem Abschnittsleiter in die Meßwarte gekommen war.

Marlies versuchte ruhig zu antworten, aber sie stotterte doch ein wenig, „die Stand - C - ähm - Messungen in der Wäsche spinn… - schwanken".

„Schon gut, Marlies", sagte Prost ruhig, „wir verstehen schon. Das ist in letzter Zeit öfter aufgetreten".

Kupfer fügte hinzu, „Wir sehen uns das auch gleich vor Ort an", und etwas zu Betty gewandt ergänzte er noch, „informiert uns bitte gleich, wenn sich etwas ändert".

„Hossa und Balla sind schon draußen", sagte Betty und sah dabei schief lächelnd zu Kupfer und Prost.

„Okay", Prost lachte, „dann wollen wir doch mal sehen, was die beiden sich schon ausgedacht haben". Er legte Kupfer seinen Arm auf die Schulter, „komm Harry, auf in den Urwald der C-Wäsche".

Doch Harry streifte Prosts Hand ab und knurrte mürrisch, „ohne Zeichnung gehe ich nicht in dieses Wirrwarr". Er wandte sich zur Rückseite der Meßwarte, wo Regale standen, die vollgepfropft mit Aktenordnern waren. Er musste nicht lange suchen, zog einen Ordner aus einem Fach und entnahm diesem eine Zeichnung mit einem technologischen Fließschema der C-Wäsche. Die klemmte er sich unter den Arm und verließ zusammen mit Prost, der geduldig gewartet hatte, die Meßwarte.

Die Bemerkungen Urwald und Wirrwarr bezogen sich auf das verwirrende Rohrleitungssystem, das zu diesem Zeitpunkt weder Anlagenfahrer noch Schicht- und Abschnittsleiter durchschauten. Eigentlich war die C-Wäsche ja eine ganz einfache technologische Verfahrensstufe. In den zwei ausgemauerten 150 Kubikmeter fassenden Behältern sollte lediglich der im produzierten C noch enthaltene Katalysator Eisendreichlorid ausgewaschen werden. Dazu wurde Kondensat dem Zwischenprodukt C hinzugefügt, mit Pumpen gemischt und gefördert. Durch die große Verweilzeit in den Behältern konnten sich das C unten und Wasser oben voneinander trennen. Durch den sauer wirkenden Katalysator sowie die aus der DC mitgebrachten Spuren von B und HCl lag der pH-Wert in dieser Prozessstufe zwischen 3 und 4. Dementsprechend mussten alle hier vorhanden Einrichtungen säurefest ausgelegt sein. Am Ausgang der Wäsche, kurz vor den Pumpen, die das nun katalysatorfreie, aber saure und feuchte EDC ins Tanklager fördern sollten, musste die Flüssigkeit mit gasförmigen Ammoniak auf einen pH-Wert von 7,5 bis 8,5 eingestellt werden. Die Rohrleitungsverwirrung entstand durch die verschiedenen Möglichkeiten der Verschaltung der beiden Behälter, die Gegenstromführung des Wassers und die immerhin 5 Pumpengruppen, die für Förderung und Durchmischung zuständig waren. Außerdem kam noch hinzu, dass alle Wasser führenden Rohrleitungen mit einem

Dampfbegleitheizungssystem ausgerüstet und natürlich isoliert waren. Schon während des Probebetriebes schrieb Prost eine Vorschrift für die EDC-Wäsche. Zum besseren Verständnis, so hatte er wohl gehofft, versah er die einzelnen Ventile, Hähne und Schieber mit Nummern. Diese Zahlen waren natürlich draußen sichtbar angebracht worden.

Als Kupfer und Prost heute zur Wäsche marschierten, rief ihnen Balla schon von weitem entgegen, „deine Zahlen, Doktor, sind wie Spatzen im Dschungel". Er machte eine kurze Pause und fügte noch lachend hinzu, „die gehören da einfach nicht hin".

„Beziehungsweise", fügte Hossa emotionslos hinzu, „sie nutzen rein gar nichts. Wir sehen so oder so nicht durch".

„Vielleicht habt ihr ja Recht", Prost blickte traurig auf die schwarzen Zahlen auf den leuchtend weißen Schildern. Auch er konnte sein System hier draußen nicht erkennen, das eigentlich helfen sollte, die Rohrleitungswege besser zu erkennen. „Vielleicht habe ich die falsche Reihenfolge der Nummerierung gewählt?"

Kupfer schüttelte seinen Kopf. Er hielt die mitgebrachte Zeichnung aufgeschlagen in den Händen und meinte, „ist doch jetzt auch egal. Was machen wir, damit die Standmessungen wieder ordentlich funktionieren?"

„Wieso Messungen?" wunderte sich Hossa, „Marlies hat doch nur von der einen Trennschichtmessung im ersten Behälter gesprochen".

„Ja", bestätigte Kupfer, „genau um die geht es jetzt".

„Ich habe schon mal vorher darüber nachgedacht", sagte Prost nachdenklich, „weil dieses Dilemma ja seit ein paar Tagen vorliegt. Wisst ihr beiden, welche Einläufe zu den Behältern offen sind?"

„Noch nicht", sagte Balla, machte sich sofort in Richtung Steigleiter auf den Weg und rief in Richtung seines Kollegen, „Günther steigst du beim zweiten Behälter …".

„... bin doch schon fast oben, Seemann", unterbrach Hossa sofort.

„Am ersten Behälter ist nur der untere Einlauf offen", rief Balla als erster.

Nur wenig später hörten Prost und Kupfer die Stimme des anderen Operators, „hier sind alle drei Einläufe geöffnet. Das ist ja eigenartig".

Kupfer sah zu Prost und als der nickte rief er, „Emil, öffne auch die anderen beiden Einläufe".

Balla schmetterte ein kurzes, „aye aye, Sir!"

Nach einer Minute standen beide wieder neben Prost und Kupfer, die sich inzwischen auf der Betonfläche neben der Wäsche, also schon außerhalb der Anlagentasse, aufhielten. Kupfer, der seine Zeichnung inzwischen wieder zusammengefaltet hatte, ging noch ein paar Schritte bis zur Sprechstelle, die sich hier in unmittelbarer Nähe an einer Wand des Hilfsstofflagers befand, drehte sich noch einmal zu den anderen um und meinte, „dann lasst uns doch mal hören, ob Marlies aufgepasst hat".

Er stellte sich dicht ans Mikrofon, wartete bis das rote Lämpchen nicht mehr leuchtete, denn das bedeutete, dass die Meßwarte gerade mit einer andern Sprechstelle Kontakt hatte, drückte dann den Hebel nach unten und sagte, „Meßwarte, hier spricht Kupfer, habt ihr etwas zu melden?"

Erst nach zehn Sekunden hörten die vier die unsichere Stimme von Marlies, „nein, hier hat sich nichts verändert. Was meint ihr denn?"

Harry wurde konkreter, „schwankt denn die Standmessung der Trennschicht noch?"

Nach wiederum einer kurzen Pause lautete die Antwort, „absolut unverändert".

Kupfer schüttelte seinen Kopf, antwortete aber, damit Marlies nicht noch verwirrter wurde, mit „okay", und wandte sich wieder seinen Kollegen zu. „Was können wir noch machen?"

Prost sagte nachdenklich, „das System hat sich aufgeschaukelt. Also müssen wir es erst wieder zur Ruhe bringen, damit der von uns erhoffte Effekt auch eintritt".

Hossa hob seine rechte Hand. Offensichtlich hatte er eine Idee. „Na dann schalten wir doch einfach die Zulaufpumpe kurz aus. Einverstanden?"

„Sehr gute Idee", stimmte Kupfer zu.

Balla ging sofort zur Pumpengruppe, sah sich noch einmal um, als alle nickten sah er auf seine Uhr und schaltete die Pumpe aus.

Harry, der auch auf seine Uhr gesehen hatte kommandierte, „zwei Minuten, Emil".

Dieses Mal musste Kupfer nicht nachfragen, noch bevor Balla die Pumpe wieder zugeschaltet hatte, klang Marlies Stimme aus dem Lautsprecher: „Die Standanzeige hat sich beruhigt" und nach kurzer Pause fügte sie etwas unsicher hinzu, „was habt ihr gemacht?"

Kupfer lachte und fragte, „willst du das wirklich wissen, Kecke?"

„Um Himmels Willen", antwortete sofort die Streller, „ich doch nicht. Betty hat gesagt, dass ich fragen soll. Ich verstehe das sowieso nicht".

„Quatsch", sagte Kupfer streng, „das verstehst auch du. Streng dich ein bisschen an, Marlies. Wir haben im Moment die Zulaufpumpe abgestellt. Vorher haben wir die Einläufe in die beiden Behälter in gleicher Art eingestellt".

„Stimmt", kam schnell die Antwort der Streller, „das verstehe ich, aber wenn ihr die Pumpe wieder anstellt, geht die Schwankerei doch von vorne los, oder?"

„Nicht unbedingt, Marlies, aber gut mitgedacht", erklärte Kupfer, „wir denken, dass durch die Veränderung des Einlaufes das Schwingen der Trennschicht grundsätzlich beseitigt sein könnte".

„Betty nickt", antwortete Marlies mit ein wenig resignierender Stimme, „ich kann mir das nicht vorstellen".

„Ich erkläre es dir nachher in der Meßwarte," Kupfer schloss seinen Disput mit der Forderung ab, „wir schalten jetzt die Pumpe wieder ein. Sag sofort Bescheid, wenn die Schwingungen wieder anfangen sollten".

Marlies antwortete nicht mehr, aber Harry war sicher, dass seine Anlagenfahrerin ihn schon verstanden hatte. Balla schaltete die Pumpe wieder ein und gemeinsam warteten die drei auf eine Meldung aus der Meßwarte.

Hossa zeigte auf das Rohrleitungsgewirr in der Wäsche, „mit jedem Wegestellen von Rohrleitungsverbindungen zwischen den einzelnen Apparaten lichtet sich der Dschungel".

„Stimmt", pflichtete ihm Balla bei, „noch ein paar Wochen und wir werden uns fragen wieso wir hier einmal nicht durchgeblickt haben".

Diese Bemerkungen schufen sofort eine optimistische Stimmung. Außerdem hatte sich die Meßwarte noch nicht wieder gemeldet, was ja bedeuten könnte, dass sie das Problem der Trennschichtmessung tatsächlich gelöst hatten.

EWa - Weggefährten (1)

Ich war 14, hatte ein sonniges Gemüt und war pummelig, was zur damaligen Zeit kein Makel war. Der Vorgarten war der mir vom Vater zugewiesene Beitrag zur Pflege von Haus und Garten. Dort war ich bei eitel Sonnenschein im Sommer und schwitzte. Auf einmal fiel ein Schatten über die Beete.

Als ich aufsah, stand da ein fremder, etwa gleichaltriger Junge und grinste.

„Tach, ich bin Bahni."

„Was für ein Name!"

„Na eigentlich heiße ich Klaus-Dieter Bahnhof. Wer will schon so heißen! Also nannten mich alle seit dem Kindergartenalter Bahni. Das ist was Besonderes, also gut."

Ja, so war er, er musste immer irgendwie aus der Reihe tanzen, bei dem was er tat, sagte oder wie er aussah. Er erklärte mir, dass er zu seiner Mutter in das gegenüberliegende Haus gezogen war. Seine Mutter hatte den Witwer geheiratet, der dort lange allein gewohnt hatte. Sie hatte ihren Sohn noch bei ihrer Verwandtschaft gelassen, bis sie sich sicher war, dass ihr neuer Mann mit diesem besonderen Sohn fertig werden könnte.

Nun also war er hier.

Mir gefiel, wie er aussah und ich bewunderte seine Kühnheit, mich einfach anzusprechen, so allein, nur er und ich. Normalerweise passierte das Kennenlernen Gleichaltriger in der Gruppe. Aber wir verstanden uns sofort. Er war lustig und bei Erwachsenen immer höflich. Das gefiel auch meinen Eltern. Sie vertrauten ihm. In seiner Gesellschaft durfte ich später, mit 16! zum Tanzen ins Nachbardorf. Mit dem Fahrrad erreichten wir alle Tanzflächen bis etwa 15 km Entfernung von zu Hause. Wir hatten eine tolle Abmachung. Wir fuhren gemeinsam hin, tanzten den ersten Tanz und auch den letzten und was in der Zwischenzeit passierte, ging den jeweils anderen nichts an. Mir ging es gut dabei, ich hatte einen Beschützer und war ihm dennoch zu nichts verpflichtet.

Um diese Zeit herum richtete unser Dorf auf dem Saal der Gaststätte den Talente Wettbewerb im Schlager- und Volksliedergesang aus. Natürlich wollten wir Mädchen sehen, wen wir kannten von denen, die sich auf die Bühne trauten. Ich glaubte zu träumen. Da stand doch wirklich Bahni auf der Bühne und sah zu mir herüber. Er sang ‚Marina, Marina, Marina' mit meinem Namen. Ich versuchte zu lächeln, aber am liebsten hätte ich mich unter dem Tisch verkrochen. Alle sahen mich an. Ich war puterrot und schämte mich. Wieso eigentlich? Hätte ich nicht stolz sein können, dass da einer für mich sang? Öffentlich? Ob er mit diesem Schlager einen Platz gewonnen hat, weiß ich nicht mehr.

Aber an eine andere, für ihn typische Begebenheit, erinnere ich mich genau. Mein Zimmer lag zur Hofseite raus. Ich war gerade ins Bett gegangen, da fielen kleine Steinchen an mein Fenster. Zuerst war ich erschrocken, doch dann dachte ich, dass das nur Bahni sein könnte. Also lugte ich hinter der Gardine hervor. Da stand er und hielt einen großen Strauß Blumen in der Hand. Ich öffnete das Fenster, er sprang in die Höhe, ich griff nach dem Strauß, er winkte und schon war er verschwunden. Rot waren die Blumen. Wie sonst? Es waren viele rote Tulpen. Ich umarmte sie, stellte sie dann lächelnd in eine passende Vase und diese wiederum in den Hausflur auf die Konsole, auf der das Telefon stand. Wir hatten nämlich als eine der wenigen Familien im Ort ein Telefon, weil mein Vater selbständig war. So kam es häufig vor, dass Leute aus der Straße zu uns kamen oder bei uns Anrufe ankamen und wir die entsprechenden Personen ans Telefon holen mussten. Am anderen Tag musste ich Frau Kahle holen, die drei Häuser weiter wohnte. Sie kam auch gleich mit. Als sie unseren Hausflur betrat, schrie sie: „Da sind ja meine Tulpen!" Ich verschwand in mein Zimmer und hoffte, dass mein Vater nichts von dem Vorfall mitbekommen hatte. Als Frau Kahle mit dem Telefonat fertig war, hatte sie sich schon etwas beruhigt, rief mich und meinte nur: „Na so ein Lümmel, aber kannst die Blumen behalten, sieh dich nur vor, wer beim Nachbarn Blumen stiehlt, wird später auch andere Dinge stehlen."

Sei behielt nicht recht. Aber Blumen hat er mir noch öfter gebracht. Von denen erfuhr ich aber nicht, woher sie waren. Ich nahm sie und freute mich, trotz eines mulmigen Gefühls. Denn es waren nie Blumen, die im Garten seiner Eltern wuchsen.

Jahre vergingen, wir feierten Geburtstage, Silvester, Schulabschlüsse gemeinsam mit Freunden. Oft bei Bahni im Elternhaus. Vater und Mutter quartierten sich für zwei Tage bei Bekannten ein und Bahni und ich beseitigten am Morgen nach der Fete die Spuren und Reste. Doch meist uferten unsere Treffen nicht aus und wir hatten manchmal auch am Tag danach noch Hilfe von den Freunden. Wenn die Mutter Bahnis am Mittag auf der Matte stand, verlief die Abnahme immer ohne Beanstandungen. Bloß gut, dass alle anderen Eltern, auch meine, waren nicht bereit, ihre Wohnungen für unsere Feiern zur Verfügung zu stellen.

Inzwischen hatte ich in Jena mit dem Studium begonnen und schwänzte jeden zweiten Sonnabend die Vorlesungen, um nach Haus zu fahren. Oft erwartete mich Bahni auf meinem Umsteigebahnhof Magdeburg und fuhr dann mit mir gemeinsam mit dem Personenzug in unser Heimatdorf. Doch einmal, im Dezember, hatte er die verrückte Idee, wir könnten doch noch den Weihnachtsmarkt in der Bezirkshauptstadt besuchen. Nur ein paar Pfennige in der Tasche, aber voller Neugier, liefen wir an den Buden vorbei, freuten uns über die bunten Auslagen und staunten über die großen Karussells. Dann war da eine riesige Rutsche, die man auf Kokosmatten sitzend, herunterrasen konnte. Nur einmal, nur einmal möchten wir da rutschen. „Du musst lächeln, dem Kartenverkäufer in der Bude schöne Augen machen, vielleicht darfst du für die Hälfte des Preises." Wir hatten unser Klimpergeld gezählt und festgestellt, dass es nur für ein und eine halbe Karte reichte. Mit heftigem Herzklopfen näherte ich mich dem Kartenhäuschen. Bahni blieb weiter weg stehen. Günstig war schon mal, dass der Mann jung war und ihm die Anlage sicher nicht gehörte. Es klappte mit unserem Plan, er verkaufte mir eine Kinderkarte und eine für Erwachsene. Wir hofften nur, dass oben, wo die Matten lagen, der Kontrolleur nicht so genau hinsah. Beim Abwärtssausen schrien wir vor Glück, weil unser Plan aufgegangen war und weil die rasende Fahrt sich einfach herrlich anfühlte. Beschwingt gingen wir zum Bahnhof, stiegen in den Zug nach Hause, unsere Augen leuchteten, ja man kann sagen, wir waren glücklich. Da kam die Schaffnerin in unser Abteil. Bahni stand auf und verschwand ganz lässig. „Bis zu Hause." Was? Wo wollte er denn die nächste halbe Stunde bleiben? Ich war ziemlich naiv. Er hatte keine Fahrkarte und da er ohne Eile ging, schöpfte die Kontrolleurin wahrscheinlich keinen Verdacht. Im Heimatort angekommen, nahm er meinen Koffer und sagte: „Hast du gut gemacht." Was hatte ich gut gemacht? Nahm er etwa an ich hätte der Schaffnerin eine Geschichte über sein Verschwinden vorgelogen? Wir haben nie wieder darüber gesprochen.

Ein Jahr später war ich verheiratet, hatte eine Tochter und konnte nur noch selten nach Hause fahren. Nach dem Studium wohnte ich in einer schönen Stadt am Rande des Erzgebirges. Doch das war auch schon alles, was schön war. Mein Mann betrog mich, ich war mit Kind, Arbeit, Haushalt und dem unzuverlässigen Mann völlig überfordert. Nach eineinhalb Jahren ließ ich mich scheiden. Einige Wochen vergingen, da klingelte es Sturm an meiner Wohnungstür. Ich empfand dieses Sturmklingeln als ungehörig, noch dazu, wo es schon fast 22 Uhr war. Als ich die Tür öffnete stand Bahni schwankend und schmutzig vor mir. „Entschuldige," lallte er, „ich musste mir erst Mut antrinken. Wir haben uns lange nicht gesehen." Ich zog ihn ohne Worte in die Wohnung, legte den Finger auf den Mund, damit er leise war und ihn ins Bad verfrachtete. „Wasch dich, ich mache dir eine Schlafgelegenheit zurecht." Er gehorchte. Aus Decken und zwei Sofakissen baute ich ihm auf der Erde in der Stube ein ‚Bett'. Ohne Widerstand legte er sich wie ein Hund vor mein Bett und schlief sofort ein. Jetzt erst merkte ich, wie angespannt ich war. Langsam lösten sich meine Bedenken.

Am anderen Morgen ließ ich ihn schlafen, brachte meine Tochter in den Kindergarten und ging selbst zur Arbeit. Meinen zweiten Wohnungsschlüssel hatte ich vor seinen Kopf gelegt, mit der Bitte gut abzuschließen und den Schlüssel in den Postkasten zu werfen. Dort fand ich ihn auch vor, als ich nach Hause kam. Doch am Abend, dieses Mal zur rechten Zeit, stand Bahni wieder vor der Tür. Ich glaube, ich hatte so etwas auch erwartet. Von der Nacht vorher sprachen wir nicht, es war ihm sichtlich peinlich und ich wollte über meinen Ärger nicht mit ihm sprechen. Dieser Abend wurde aber schön. Wie früher. Er erzählte von seinem jetzigen Studium ganz in der Nähe. Ich erzählte von meinem Heimweh und beide lachten wir über alte Begebenheiten. Wir tranken Wein, aßen ein paar Häppchen und fühlten uns beide sehr verbunden. Noch immer bin ich dankbar, dass er nicht versucht hat, unsere Freundschaft in eine Liebelei umzumünzen. Er bereitete dieses Mal seine Schlafgelegenheit mir zu Füßen und sang für mich noch ein Schlaflied, leise, damit meine Tochter im Nebenzimmer nicht wach wurde. Am Morgen verließen wir zu dritt die Wohnung. „Wie eine richtige

Familie," schoss es mir durch den Kopf. Aber gleichzeitig signalisierte mein Gehirn: Niemals!

Zweimal kam er noch in den zwei Jahren, die ich dort zu Hause war. Danach hatte ich mich in die Heimat versetzen lassen, mir ging es gut - auch ohne Mann.

Plötzlich tauchte Bahni wieder bei mir auf, nüchtern, aber irgendwie angestrengt. Komisch war für mich, dass ich mich nicht freuen konnte. Hatten wir uns zulange nicht gesehen? Waren wir uns fremd geworden? Ich mahnte mich zur Vorsicht. Im Laufe des Abends stellte sich heraus, dass ich instinktiv gespürt hatte, dass dies kein gutes, kein einvernehmliches Zusammensein werden könnte. Unser Gespräch bleib angespannt. Bis er ganz plötzlich über den Tisch langte und mich zu sich heranzog. Ich wehrte ihn ab und meinte, er solle gehen, wenn er seine Hände nicht bei sich behalten könne. Da wurde er wütend, umschlang mich von hinten und begrabschte mich. Blitzschnell liefen in meinem Kopf Möglichkeiten ab, wie ich ihn bändigen und rausschmeißen könnte. Keinesfalls dürfte ich Lärm machen, denn meine Tochter schlief nebenan. Scheinbar tat ich intuitiv das Richtige. Ich sagte ruhig, „sieh mal, willst du alles kaputtmachen? Wir haben uns immer gegenseitig vertraut. Soll das nun zu Ende sein?" Er lockerte seinen Griff und schob mich sacht beiseite. Ohne ein weiteres Wort ergriff er seine Jacke und verließ das Haus. Noch einmal war er wiedergekommen. Aber zwischen uns war eine Mauer. Ich war voller Vorsicht und er scheinbar voller Schuldgefühle. Wir haben uns nie wiedergesehen.

Er hatte eine Gastwirtin geheiratet, mit ihr ein gutgehendes Hotel betrieben und rief mich mehrmals an, um mich zu sich einzuladen. Ich lehnte jedes Mal ab. Dann kam ein Anruf, der mich erschreckte: Es ginge ihm nicht gut, er habe schon zweimal Chemo überstanden, er würde mich gern noch einmal sehen. Ich verneinte, wünschte ihm dennoch alles Gute und legte den Hörer auf. Es kann kein Anruf mehr. Ein Jahr später erzählte mir seine Mutter, dass er an Krebs gestorben sei.

Alles in allem denke ich gern an diesen ‚Weggefährten' zurück. Er hat, wie kein anderer, meine Kindheit und Jugend bunter gemacht.

EWa - Weggefährten (2)

Schach: In unserer Arbeitsgemeinschaft waren fast nur Jungen. Unser Klassenleiter betreute uns. Auch seinetwegen habe ich so viele Jahre durchgehalten, mit wechselndem Erfolg. Doch im 8. Schuljahr schickte er mich zur Spartakiade. Ich sollte mich im Schachspiel auf Bezirksebene bewähren. Die Wettkämpfe, die sonst noch liefen, durften wir in unserer Freizeit besuchen. Aber viel wichtiger waren für mich die Begegnungen auf den Fluren der großen Schule, in der wir auf Strohsäcken schliefen. Abenteuerlich. Aus mehreren Gesprächen mit Gleichaltrigen ergab sich, dass eine Akrobatengruppe und eine Schwimmriege aus der Kleinstadt kamen, zu der auch unser Dorf gehörte. Die meisten von ihnen wollten im Herbst des Jahres, wie ich auch, dort auf die Oberschule gehen. Einen der Jungen, stämmig, rothaarig, sommersprossig, ein guter Schwimmer, traf ich häufiger. Wir freundeten uns an. Doch die Spartakiade war schnell zu Ende. Es standen nur noch die Siegerehrungen bevor und dann gings ab nach Hause. In der Disziplin Schach war ich das einzige Mädchen und sollte deshalb zwangsläufig die Goldmedaille bekommen. Ich war peinlich berührt und wollte diese „Ehrung" nicht annehmen. Die Übungsleiter und Micha, mein Freund, überredeten mich. Auf dem riesigen Schulhof waren alle Teilnehmer im Karre angetreten. Als Podest diente ein gummibereifter Pferdewagen mit heruntergeklappten Seitenteilen. Von der Rückseite aus kletterten die aufgerufenen Sieger auf die Wagenfläche. Ich kam nicht hoch, ich war zu ungelenk, zu unsportlich.

Vom Wagen herunter sagte jemand: „Ich weiß auch nicht, warum Schach zu den Sportarten zählt." Doch plötzlich stand Micha neben mir und half mir auf die Plattform. Ich schämte mich fürchterlich, aber war ihm gleichzeitig dankbar.

Auf der Rückreise saßen wir im Zug nebeneinander und freuten uns auf unser Wiedersehen im neuen Schuljahr in der neuen Schule.

Doch wir sollten uns noch viel eher wieder begegnen. Im Sommer zuvor hatte ich in dem kleinen Flüsschen in unserem Ort Schwimmen erlernt. So einigermaßen konnte ich mich über Wasser halten. Doch ich wollte richtig schwimmen können. Endlich willigten meine Eltern ein und meldeten mich zu einem Schwimmkurs in der Kreisstadt an. Alles war neu und aufregend. Vierzehn Tage von zu Hause weg, in einem Sportlerheim schlafen, jeden Tag ins Wasser und mich möglichst beim Üben nicht so dumm anstellen. Alles lief gut. Kurz vor den Prüfungen zum „Freischwimmer" und „Fahrtenschwimmer" mussten wir vom 3-Meter-Brett springen. Welche Überraschung: Micha war unser Trainer. Schon seinetwegen konnte ich da oben, hoch oben, sehr hoch oben, keine Angst zeigen. Ich sprang. Oder besser, ich machte einen Schritt ins Leere und fiel. Doch ich tauchte nicht wieder auf. Für mich eine Ewigkeit, für die am Beckenrand aber auch zu lange. Micha sprang ins Wasser und zog mich mit geübten Griffen aus der Tiefe und an den Rand. Lebensretter, dachte ich. Man brachte mich zum Arzt, der immer vor Ort war. Seine Diagnose: Loch im Trommelfell. Das bedeutete, dass das Tauchen verboten war und ab sofort in Vaseline getränkte Wattebausche beim Schwimmen die Ohren verstopften. Meine beiden Prüfungen wurden mir dann auch ohne die sonst dazugehörigen Sprünge als bestanden bescheinigt. Erst jetzt erfuhr ich, dass die Urkunde für das „Fahrtenschwimmen" in Zukunft auch die Sportnote beeinflussen würde.

„Er hat mir das Leben gerettet", dachte ich auch, als wir uns zu Schuljahresbeginn wiedersahen. Wir waren befreundet. An den ersten Kuss erinnere ich mich nicht. Wohl aber an eine Begebenheit, die mir heute klar macht, dass ich ihn wohl geküsst haben musste. Folgendes war passiert. Im „Löwen", einer großen renommierten Gasstätte mit großem Saal, war Fasching. Natürlich waren viele aus unserer Schule mit dabei. Micha und einige andere aus der Klasse tanzten flott und suchten immer wieder neue Knutschpartnerinnen, um nicht in den „Karzer" zu müssen. Drei Wochen später fehlte eine Mitschülerin in der Schule wegen Masern. Masern mit 16? Das ist gefährlich. Bei der Nachforschung, wo sie sich wohl angesteckt haben könnte, stellte sich heraus, dass Michas kleiner Neffe Masern hatte. Ganz eindeutig war Micha der Überträger der Krankheit, ohne selbst Masern zu haben. Wir konnten nicht genug darüber lästern, dass er gerade dieses zurückhaltende Mauerblümchen geküsst hatte. Eine Woche später hatte auch ich diese Kinderkrankheit. Bei mir hatte die Ansteckung also vier Wochen gedauert. Bloß gut, dass ich die schadenfrohen Bemerkungen meiner Mitschüler nicht ertragen musste, denn ich war drei Wochen krank. Als ich wieder zur Schule durfte war die Begebenheit nur noch zwischen mir und Micha ein Thema. Seltsamer Weise war ich sauer darüber, dass er ausgerechnet jene Klassenkameradin geküsst hatte. Aber auch dieser Hauch von Eifersucht ging vorüber. Außerdem hatte ich ja auch Interesse an anderen Jungen, was gab mir da das Recht, mich zu beschweren? Es war eine Zeit, in der man einfach wissen wollte, wie man beim anderen Geschlecht ankam. Obwohl uns diese Einstellung sicher unbewusst steuerte. Ich war jedenfalls trotz vieler anderer Bekannter bis zum Abitur mit Micha befreundet. Es tat uns beiden gut. Sorgen, schulische Probleme, Ärger im Klassenverband, Zukunftspläne, alles konnten wir miteinander bereden. Wir vertrauten einander. So auch , als ich Mitglied in seiner Chemiearbeitsgemeinschaft außerhalb des Schulkomplexes war. Dort wurde Gelerntes aufgefrischt und gefestigt oder durch Experimente nachgewiesen. An einem Abend stellten wir Wasserstoff her, wollten das Gas in Ballons leiten und diese mit Nachrichten in die große Welt schicken. Wie aufregend. Keiner achtete auf die Uhrzeit. Dieser Versuch musste zu Ende geführt werden. Heute noch. Alles klappte gut. Die Luftballons stiegen aus den Fenstern in den Nachthimmel. Nachthimmel? Ach du liebe Güte, wie spät war es denn? Ich war Internatsschülerin und hatte spätestens 21:30 Uhr im Heim zu sein. Es war bereits 22 Uhr! Unsere Heimleiterin duldete keine Ausreden und ich musste froh sein, wenn sie um diese Uhrzeit überhaupt noch die Tür öffnete. Micha ließ es sich nicht nehmen, mich zu begleiten. Alle Türen und Tore des Schulkomplexes waren verschlossen. Aber im Erdgeschoss des Mädchenwohnheims brannte noch Licht. Doch wie sollte ich auf das Gelände kommen? Die einzige Möglichkeit war, am Vorgarten über den schmiedeeisernen Zaun zu klettern. Der war jedoch mindestens zwei Meter hoch und war am oberen Rand immer im Abstand von etwa zwanzig Zentimetern mit geschmiedeten Spitzen bestückt. Besonders sportlich war ich auch nicht, außerdem hatte ich einen engen Rock an, allerdings mit Gehfalte hinten. Ich schob alle Scham beiseite und raffte den Rock bis zum Bauch, damit ich über den Zaun steigen konnte. Micha schob von hinten. Oben angekommen sprang ich in den Vorgarten. Es machte „ratsch" und die hintere Naht meines Rocks war bis zur Taille aufgerissen. Was für ein Unglück. Zu spät kommen, im zerrissenen Rock und mit Gartenerde an Schuhen und Knien. Das konnte nicht gut gehen. Voller Sorge entfernte sich Micha. Und ich hoffte trotz der Furcht vor den bevorstehenden Vorwürfen, die Eingangstür möge offen sein. Sie war offen. Aber gleich hinter der Tür stand die Heimleiterin, erbost und ungläubig, dass eine ihrer Schützlinge es wagte, ihr in so einem Zustand unter die Augen zutreten. Sei fragte nicht nach den Grunden für mein Zuspätkommen und auch nicht danach, warum ich so dreckig und mit zerrissenem Rock vor ihr stand. Sie schickte mich einfach zu Bett. Doch schon am nächsten Tag musste ich zu unserem Klassenlehrer und bekam einen „blauen" Brief, den ich zu Hause abliefern sollte. Ich gab ihn meiner Mutter. Sie glaubte meinen Erklärungen und fuhr ruhig und voller Vertrauen in ihre Erziehung zu der anberaumten

Aussprache mit dem Klassenlehrer. Es kam nie wieder das Gespräch auf diese Begebenheit, von keiner Seite. Aber mir war der Spaß an der Chemie AG verdorben. Bei jedem Treffen schaute ich die letzte halbe Stunde dauernd auf die Uhr, war nicht mehr bei der Sache, so dass ich im nächsten Schuljahr nicht mehr an der AG teilnahm.

Nach wie vor hatten Micha und ich ein gutes Verhältnis zueinander. Doch inzwischen wussten wir, dass unsere Interessen außerhalb der Schule sehr auseinander gingen. Es gab immer weniger, was uns verband. Deshalb hatte ich auch nichts von dem mitgekommen, was in einer Gedenkfeier zu Ehren Lenins in unserer Aula passierte. Februar, sehr kalt, der Ofen in der Aula war bullig heiß. Er musste ja den gesamten großen Raum heizen. Wir, d. h. Schüler unserer Klasse, saßen ganz hinten. Die Feierstunde begann. Auf einmal liefen Schüler und Lehrer aus der ersten Reihe heulend aus dem Raum. Ratlosigkeit und Tumult bei uns. Immer mehr rannten raus, die Hände vor dem Gesicht. Einer der Lehrer rief: „Alle raus, alle raus. In die Klassenräume." Wir wussten nicht, was los war. Zum Heulen war die Veranstaltung nun wirklich nicht, und eine wichtige politische Veranstaltung einfach abzubrechen, das hatte wir weder erwartet noch je erlebt. Draußen auf dem Flur gab es die ersten Gerüchte. „Da hat jemand Tränengas auf den Ofen geschüttet, geträufelt." Egal. Jedenfalls liefen bei denen, die in der Nähe des Ofens saßen, die Tränen. Wir ganz hinten hatten nichts davon gemerkt. Alle grinsten hinter vorgehaltenen Hand. Solche Gedenkfeiern waren meist stinklangweilig.

Nun war endlich was los. Am nächsten Tag wurde uns klar gemacht, dass es sich um einen politischen Anschlag gehandelt hatte. Der Täter sei auch schon ausfindig gemacht worden. Micha. Was? Der? Fiel nie auf, war eher ein Mitläufer, keinesfalls ein Anstifter. Und nun sowas. Auch die Lehrer schienen dieser Ansicht zu sein. Denn mit der öffentlichen Auswertung und Bestrafung ließen sie sich Zeit. So kam es uns vor. Schließlich hatte man - wer auch immer - ermittelt, dass ein ehemaliger Schüler, der z. Z. bei der NVA war, das Tränengas besorgt hatte und es zum Gaudi seiner Freunde auch einsetzen wollte. Möglichst wirkungsvoll. Einer seiner Freunde war Micha. Auf ihn fiel die Wahl. So viel zur Vorbereitung. Ungestraft konnte man einen solchen Schüler nicht davonkommen lassen. Er sollte von der Schule verwiesen werden, hieß es. Die Lehrer waren sich nicht einig, mache hielten die Strafe für zu hart. Da wurde ich ins Direktorzimmer gerufen, sollte dort eine Einschätzung meines Freundes geben, sollte über seine politische Haltung sprechen, über Auffälligkeiten in Bezug auf Schule und Gesellschaft. Da ich über Micha nur Gutes wusste, fiel es mir leicht, auch nur Gutes zu sagen. Ich musste mich nicht zu seinen Gunsten verstellen. Ob meine Aussagen zum endgültigen „Urteil" beigetragen haben, weiß ich nicht. Seine „Strafe" war dann, er sollte ein Jahr nicht mehr in diese Schule gehen dürfen, er musste die Oberschule in der Nachbarstadt besuchen. Das bedeutete für ihn jeden Tag mit der Bahn hin und zurück. Doch noch bevor das Jahr vorbei war, war er wieder bei uns.

Bei Klassentreffen fühlen wir uns noch immer sehr verbunden, begrüßen uns herzlich und suchen das Gespräch miteinander.

EWa - Weggefährten (3)

Frisch vom Studium, voller Elan und keineswegs skeptisch, ob ich wohl allen Anforderungen gerecht werden könnte. Mann, Kind, Wohnung, fremde Stadt, Beruf - alles neu und alles in allem allein zu bewältigen. Nie hätte ich daran gedacht, dass es auch etwas gäbe, das ich nicht schaffe. Mit so einer Lebenshaltung, mit so einer Ausstrahlung, dazu noch halblanges blondes Haar, schlank und sportlich, heute bin ich nicht mehr verwundert, dass ich bei den Schülern so gut ankam. Bis heute werde ich zu den regelmäßig alle drei Jahre stattfindenden Klassentreffen eingeladen, bis heute habe ich auch auf die große Entfernung hin Kontakt zu einigen Schülern.

Obwohl ich Anfängerin war und nur für Deutsch und Kunst ausgebildet war, musste ich gleich von Beginn an auch Geschichte und Geografie, später auch noch Sport und Nadelarbeit und ein paar Wochen sogar Russisch unterrichten. Einziger Vorteil war, dass ich etwas die Hälfte aller Stunden in meiner eigenen Klasse war. So lernte ich schnell meine Kinder kennen und schon bald entstand ein Vertrauensverhältnis, auch zu den meisten Eltern.

Da war ein kleiner, zierlicher, um nicht zu sagen mickriger Junge mit blonden Haaren, großen Augen, wovon eines verdreht war. Man wusste nie genau, wohin er jetzt schaute. Begegneten sich unsere Blicke, strahlte er und entblößte dabei schön gewachsene weiße Zähne. Er war ein Zappelphilipp und vorlaut. Einige Monate war ich nun schon im Dienst und wusste, auf welche Schüler ich besonders achten musste. Da fiel er in einer Deutschstunde einfach aus der Bank. Ich war erschrocken, fühlte mich ohnmächtig, wusste weder ihm zu helfen noch wie ich die Klasse im Zaum halten sollte. Alle umringten den wie tot auf dem Boden liegenden Jungen. Endlich fiel mir ein, dass die Schulsekretärin vielleicht helfen könnte. Ich schickte ein Mädchen los. Doch als die Schülerin und die Sekretärin vor dem Klassenzimmer redeten und gerade hereinkommen wollten, schlug Micky die Augen auf, fragte: „Is was?" und setzte sich auf seinen Platz. Es klingelte zum Stundenende, und da ich den Raum wechseln musste, hatte ich erst nach dem gesamten Unterricht Gelegenheit, mit ihm zu reden. Er erwartete mich schon ziemlich aufgekratzt und breit lächelnd. Ich umarmte ihn und war froh, dass er so quicklebendig schien. Alles gut. Zwei Wochen später die gleiche Situation. Deutschstunde, Micky fällt aus der Bank, ich schicke jemanden ins Sekretariat, die Sekretärin betritt den Raum und der Jungen steht auf, lächelt in die Runde und setzt sich auf seinen Platz. Dieses Mal, so denke ich, muss ich wohl die Eltern informieren. Doch dann habe ich so viel anderes zu tun, dass ich die Benachrichtigung verschiebe. Wieder ein paar Wochen später, und Micky fällt aus der Bank. Er sagt laut: „Aua!" Das ist neu. Sonst fiel er stumm. Aber auch dieses Mal ist er nicht ansprechbar. Die Sekretärin spricht nach Mickys „Auferstehung" mit dem Direktor der Schule und ich erhalte den Auftrag, sofort mit dem Schüler dessen Eltern aufzusuchen. Unterwegs ist er heiter und hüpft froh neben mir her. „Was für eine komische Krankheit", denke ich. Dann sind wir angekommen. Micky steht still und mit gesenktem Kopf vor der Wohnungstür. Ich habe kaum den Klingelknopf gedrückt, da öffnet auch schon die Mutter, nimmt den Sohn mit in die Küche und bittet mich in das Arbeitszimmer des Vaters. Streng schaut er mich an und lässt mich stehen. Ich fühle mich äußerst unbehaglich, stehe wie vor einem Richter. Nachdem ich meine Schilderung des Vorfalls beendet habe, schüttelt er den Kopf und brüllt nach seinem Sohn. Er bietet mir immer noch keinen Platz an. Ich komme mir so klein vor wie Micky. Der kommt in Arme-Sünder-Haltung herein, schielt schräg zu seinem allmächtigen Vater und wagt es trotzdem seine Arme, um meine Taille zu schlingen, weint und sagt: „Ich liebe sie doch so." Ich bin total verwirrt, streichle seinen Kopf und sehe hilflos zum Vater. Dieser scheint sich verwandelt zu haben und scheint die Zusammenhänge schneller erkannt zu haben als ich. Seine Haltung ist locker und entspannt, er lächelt sogar. Gemeinsam klären wir den „Fall". Micky fühlte sich vom ersten Tag an zu mir hingezogen. Ich war immer nett zu ihm, auch wenn er wieder vorlaut oder faul oder albern war. Aber so war ich auch zu den anderen Schülern. Er war eifersüchtig. Da er mit seinen Auffälligkeiten meine totale Aufmerksamkeit nicht erhielt, kam er auf den Gedanken, sich tot zu stellen. Jetzt versprach er, fortan nicht mehr aus der Bank zu fallen. Viele Jahre danach, er war längst erwachsen, gestand er mir, dass er am Ende doch erhalten hatte, wonach er sich sehnte: Ich hatte ihn umarmt. Micky fiel nicht mehr aus der Bank, aber er blieb seiner Liebe treu. So organisierte er z. B. eine

Gruppe von Jungen, mit denen er eines Tages vor meiner Tür stand, um mir „einzuheizen". Zuerst bekam ich einen Schreck, doch seine leuchtenden Augen widersprachen der Drohung, die in dem Wort „einheizen" steckte. Sie waren gekommen, um meine Lieferung Holzkloben, die ich in der Woche zuvor erhalten hatte, zu zerkleinern, zu hacken. Nach getaner Arbeit lud ich die sechs Jungen zu mir in die Wohnung ein, bewirtete sie mit Kakao und Kuchen und erlebte die Störenfriede aus der Schule hier als dankbare, freundliche und liebenswerte Kinder. Geld wollten sie keins. „Wir wollten ihnen eine Freude machen", meinte einer der Jungen. Beim Rausgehen streifte Micky wie zufällig meine Hand und strahlte mich an. So ein Charmeur, was sollte das erst werden, wenn er erwachsen ist!?

Als Erwachsener war er nicht nur mir gegenüber charmant, na klar. Zu seinem Charme kam noch eine gehörige Portion Unverfrorenheit. Wenn ich ihn so, z. B. auf Klassentreffen, erlebte, musste ich jedes Mal feststellen, dass seine gewinnende Art ankam und die Frauen gern mit ihm an die Bar gingen, ihm körperlich nah waren. Ich auch. Er war ja auch kein mickriger Micky mehr, sondern ein hochaufgeschossener, schlanker, attraktiver Mann mit einer Mähne, die Frau sicher gern zerstrubbelte. Außerdem hatte er immer gute Laune.

Nach der Wende ging er gleich in den Westen. Weit weg wollte er, raus aus dem Dunstkreis seines dominanten Vaters. Es verschlug ihn nach Kleve, nahe der holländischen Grenze. Ich dagegen war längst wieder in meiner Heimatstadt ansässig. Wir hatten ja nun auch in unserer Kleinstadt alle ein Telefon. Und mindestens einmal im Monat rief Micky mich an, erzählte von seinem neuen Zuhause, von seinem neuen Beruf und davon, dass selbst er, der ja nicht zu den besten Schülern gehört hatte, ein höheres Allgemeinwissen hatte als all seine westdeutschen Kollegen. Aufpassen müsse er nur, wenn wieder ein Ossi neu ins Kollegium gekommen sei. Seine Schilderungen waren immer gespickt mit lustigen Episoden, so dass ich ihm gerne zuhörte. Doch an jedem Schuljahresende war ich ungeduldig, hatte noch Arbeiten zu korrigieren, Beurteilungen und Zeugnisse zu schreiben. Ich bat ihn, erst im neuen Schuljahr wieder anzurufen. „Ich rufe trotzdem an, muntere dich auf und bin dir nahe, vertreibe den Stress, den du dir machst," konterte er. Irgendwann legte ich genervt einfach auf, als ich seine Stimme hörte. Zwei Tage später stand er mit gelben Rosen - meinen Lieblingsblumen - und einer Flasche Wein vor meiner Tür. Wir tranken die Flasche leer, redeten und fanden uns gegenseitig attraktiv und nett und landeten gegen Morgen im Bett. Scheiße. Als ich am frühen Nachmittag aus der Schule kam, war er nicht mehr da. „Ich hatte es so sehr gehofft," stand auf einem Zettel und unter diesem Satz ein mit einem Lippenstiftmund aufs Blatt gesetzter Kuss. Ein bisschen verrückt. Oder? Aber so war er, immer ein paar Zentimeter neben der Spur. Im Herbst des gleichen Jahres war wieder Klassentreffen. Wochenlang hatte er mich mit der Bitte bombardiert, nach dem Treffen noch ein paar Tage mit ihm in sein neues Zuhause zu kommen. Schließlich siegte die Neugier auf seine von ihm selbst - wie er immer betonte - gestaltete Wohnung und auch darauf, wie wir uns verhalten würden nach diesem Schäferstündchen. Wir waren scheinbar beide erfahren genug, um diesen Schlusspunkt der Nacht nicht mehr zu erwähnen, auch mit Blicken nicht. Dafür war ich ihm dankbar. Die fünf Stunden auf der Autobahn hörte ich ihm zu. Er hatte eine Menge zu erzählen über seine Exfrau, seine Tochter, seine Arbeit und seine stets hilfsbereite Freundin Claudia. Seine Wohnung war die Reise wert, Grundriss, Möbel, Wandgestaltung, winziger Garten, alles wie von Designer. Ich fühlte mich sofort wohl, denn alles war funktional eingerichtet und dennoch supermodern. Wir tranken am Abend Whisky. Ich sah mich vor. Trank wenig, was ihm natürlich auffiel. „Ich schlafe heute Nacht bei meiner Geliebten. Du wirst sie morgen kennenlernen." Ach so, dachte ich, dann ist ja alles gut. Gegen 2 Uhr ging er gegen 7 Uhr war er schon wieder da, putzmunter und in Begleitung seiner Christine. Ich rappelte mich auf und hoffte, nicht allzu verkatert auszusehen. Am Frühstückstisch sagte Micky dann: „Das ist sie, meine geliebte Lehrerin. Unsere Liebe wird ein Leben lang halten." Was sollte ich darauf erwidern? Er übernahm das Abräumen und wir beiden Frauen unterhielten uns. Christine hatte viele Fragen in Bezug auf Micky. Sie kannte ihn nur von Restaurant. Und Tanzbesuchen und natürlich im Bett. Von seinem Leben schien er wenig oder gar nichts preisgegeben zu haben. Also antwortete ich ausweichend und in Allgemeinplätzen. Micky, der sonst so redselig war, war in dem Verhältnis seiner Geliebten gegenüber nur der Geliebte. Er wollte also keine feste Bindung mehr. Er brachte Christine bald nach Hause und fuhr mit mir nach Xanten, um die Stadt zu erkunden, den Dom zu besichtigen und später am Rhein eine Gaststätte zu besuchen. Überall, ob passend oder unpassend, stellte er mich als seine geliebte Lehrerin vor und machte darauf aufmerksam, wie toll doch so eine langjährige Freundschaft sei. Ich konnte nur dämlich lächeln und dachte bei mir: Mal wird er ja mit dieser Lobhudelei aufhören. Am Abend fuhr er mit mir nach Bochum, er hatte Karten für „Starlight Express". Was für ein Erlebnis! Während der gesamten Vorstellung hatte ich ihn neben mir völlig vergessen. Ich war wie im Rausch. Er hatte das Musical schon vorher gesehen und meinte nach der Aufführung, er hätte meine Reaktionen viel spannender gefunden als das Geschehen auf den Bühnen. An den beiden noch verbleibenden Tagen zeigte er mir Goch, den Ort, in dem er arbeitete, und wir verbrachten einen Tag in Holland, gleich hinter der Grenze in einer Kleinstadt. Ich fand die Tage mit Micky schön und entspannt. Zurück fuhr ich mit dem Zug.

Viele Male haben wir noch telefoniert. Zum Klassentreffen war er noch einmal da. Aber seine Leichtigkeit, sein Strahlen schien ihm abhandengekommen zu sein. Wir hatten auch keine Gelegenheit, mal allein miteinander zu reden. Ganz gegen seine Gewohnheit ging er früher und fuhr am nächsten Tag schon gegen Mittag nach Hause zurück. Die nachfolgenden Telefonate waren meist geprägt von seiner Bitte, mich besuchen zu dürfen beziehungsweise mich abholen zu dürfen, um mit ihm nach Kleve zu fahren.

Mir schien es, als hätte er jedes Mal zu viel getrunken. Ich lehnte ab. Eines Abends sagte er am Telefon mit tiefem Ernst in der Stimme, er wolle sich von allen seinen Lieben verabschieden, ich gehöre selbstverständlich dazu. Der Schreck darüber, dass er sich etwas antun könnte, ließ meine Haut frieren. Gänsehaut. Ich hatte das Gefühl, auch meine Seele bekäme eine Gänsehaut, wollte Genaueres erfahren und versuchte, ihn aufzumuntern. Er fragte noch nach meinem Befinden und legte dann auf. Noch nie hatte er das Gespräch beendet, immer war ich es. Diese Feststellung vergrößerte meine Angst um ihn und ließ mein Unbehagen wachsen.

Ein halbes Jahr später hatte er Geburtstag. Mein Anruf wurde abgewiesen: „Kein Anschluss unter dieser Nummer." Also schrieb ich eine Geburtstagskarte. Sie kam zurück. Inzwischen haben ehemalige Klassenkameradinnen herausgefunden, dass Micky tot ist. Krebs, Selbstmord? Oder beides? Wir werden es wohl nie erfahren.

EWa - Weggefährten (4)

Liebe Oma Müller,

ich weiß nicht, warum es bei Ihnen anders ist. Ich gehe grundsätzlich nicht auf Beerdigungen und habe auch kein schlechtes Gewissen deswegen. Also war ich auch nicht auf Ihrer Beisetzung. Das ist mehr als dreißig Jahre her. Und doch kommt immer mal wieder der schmerzliche Gedanke hoch, dass ich nicht einmal weiß, wo Ihr Grab ist. Denn ich gehe nur auf Friedhöfe, um mich an den schönen Blumen und den vielen Bäumen zu erfreuen. Ansonsten ist jede Erinnerung an einen Verstorbenen jederzeit und überall abrufbar. Aber jetzt bedrückt mich wieder das Gefühl, dass mir sagt, Sie hätten mich zur Beerdigung oder zumindest später an Ihrem Grab erwartet. Deshalb möchte ich Ihnen auf diese Weise mitteilen, wie wichtig sie für mich in meiner „Siedlungszeit" waren.

Als das neue Schuljahr mit der Eröffnung einer neuen Schule in der Kreisstadt begann, hatte ich zwar dort eine Anstellung als Lehrerin, aber mit meiner 4-jährigen Tochter Ina wohnte ich noch in einem benachbarten Ort bei meinen Eltern. Ich hatte also weder eine Wohnung noch einen Kindergartenplatz am Arbeitsort. Das brachte Einschränkungen in Bezug auf meine Verfügbarkeit mit sich. Mal streikte mein Moped, mit dem ich täglich zur Arbeit fuhr, mal war meine Mutter krank und konnte mein Kind nicht betreuen. Mein Chef kümmerte sich um eine Wohnung nach meinen Wünschen: am Rande der Stadt und mit kleinem Garten. Auch ein Kindergartenplatz in der Nähe war verfügbar, doch erst im nächsten Jahr. Im Oktober schon konnte ich die Wohnung in der Siedlung beziehen, unterm Dach, alles schräge Wände, zwei kleine Zimmer, eine winzige Toilette und eine kleine Küche mit einem Waschbecken und einem zweiflammigen Gaskocher. Von den beiden Zimmern hatte nur eines eine Heizmöglichkeit, und zwar einen Kanonenofen. Im Winter bedeutete das: abends um zehn das letzte Brikett auflegt und morgens bei Minusgraden aufgewacht. Bei entsprechender Luftfeuchtigkeit glitzerte Eis an der Außenwand des Raumes. Bevor ich also im kommenden Schuljahr meine Tochter zu mir holte, musste zumindest ein anderer Ofen her, einen, der die Wärme besser hielt. Unter mir wohnte Frau Müller, die Oma von einem meiner Schüler aus der Siedlung. Sie war aber den ganzen Tag in dem Haus ihrer Tochter, die schräg gegenüber mit Mann und zwei Söhnen wohnte. Dort führte sie den Haushalt, kochte und betreute die Kinder. Durch die Vermittlung dieser Familie erhielt ich noch im Frühjahr einen neuen Ofen, der tatsächlich die Wärme besser hielt. Ich konnte also meine Tochter ruhigen Gewissens zu mir holen. Weitere Schwierigkeiten sah ich nicht. Aber es kamen noch eine Reihe hinzu, die ich allesamt nur mit Oma Müllers beherzter Selbstlosigkeit ausräumen konnte.

Das neue Schuljahr begann. Meine Tochter ging in den Kindergarten und fühlte sich dort unter all den anderen Kindern so wohl, dass sie manchmal, wenn ich sie früher als gewohnt abholen konnte, gar nicht mit nach Hause wollte. Hatten wir in der Schule

Versammlung oder eine andere Nachmittagsveranstaltung, war sie oft das letzte Kind, das auf seine Abholung wartete. Das tat Oma Müller leid und so entschied sie: „das Kind kann den Weg vom Kindergarten bis hier her schon alleine gehen. Sie kommt ab sofort, wenn Versammlungen oder ähnliches in der Schule sind, um 15 Uhr 30 zu mir nach Hause." Obwohl es mir peinlich war, weil ich nicht allein ausreichend für meine Tochter da sein konnte, war ich doch auch erleichtert und musste bei Mittagsveranstaltungen nicht dauernd auf die Uhr sehen. Und Ina bekam mit einem Schlag zwei „große Brüder" hinzu. Wenn ich sie abholte, trank ich bei Oma Müller noch eine Tasse Kaffee, hörte mir an, was es Neues bei den Jungs in der Schule gab und was meine Tochter aus dem Kindergarten zu erzählen hatte. Anfangs fühlte ich mich ein bisschen ausgeschlossen, aber bald merkte ich, wie gut ich meine Kenntnisse über den Tagesablauf auch für das Spielen mit Ina nutzen konnte. Eines Tages meinte Oma Müller, ich sollte die Jackentaschen der Tochter ausleeren. Sofort fühlte ich mich schuldig, obwohl ich noch gar nicht wusste, worauf Oma Müller hinaus wollte. Aus den Taschen holte ich kleine Autos, zwei Indianerfiguren und mehrere kleine Tierfiguren. Als erstes schoss mir durch den Kopf: mein Kind hat gestohlen. Entsprechend verhielt ich mich, zerrte meine Tochter am Arm zu mir, fragte streng, woher sie diese Spielsachen habe. „Aus dem Kindergarten" war die erwartete Antwort. Ich: „Was fällt dir ein, das ist Diebstahl, sofort bringen wir die Sachen zurück. Und wehe so etwas passiert noch mal!" Ina begann zu weinen. Das rührte mich nicht. Da griff Oma Müller ein. Sie nahm das Kind auf den Schoss, strich ihr über den Kopf, nahm die Figuren und stellte sie in einer Reihe auf den Tisch. Dann fragte sie wie nebenbei: „Was habt ihr denn heute im Kindergarten gemacht?" „Wir haben über Volkseigentum gesprochen. Frau Schulz hat uns gesagt, wer das Volk ist und dass alles dem Volk gehört." Ich begriff und schämte mich fürchterlich für mein Verhalten. Tue es heute noch und bin Oma Müller für ihre bedächtige Frage dankbar. Volkseigentum, also gehörten auch die Figuren dem Volk und somit auch meiner Tochter. Wenn das so ist, kann man die Lieblingsfiguren auch mit nach Hause nehmen. Die Kindergärtnerin nahm den Vorfall ganz gelassen und erzählte, das so etwas jedes Jahr bei diesem Thema passierte.

Als Ina in der 1. Klasse war, übrigens in der gleichen Schule, in der ich arbeitete, gab es von Anfang an Ärger mit den Küchenfrauen. Unsere Schule war in der glücklichen Lage, eine eigene Küche zu besitzen und zu betreiben. Die dort Beschäftigten kamen alle aus unserem Wohngebiet, kannten viele der Kinder und deren Eltern und kochten schon deshalb ausgezeichnet. Sie passten an der Essensausgabe auch auf, dass alle Kinder genug aßen. Meine Tochter war mäklig und aß grundsätzlich kein Fleisch. Sie machte es einfach nicht. Also kam es häufig vor, dass sie Essen wegschüttete. Die Grundschüler hatten ja eher Unterrichtsschluss als wir Großen, so dass ich jeden Tag angeranzt wurde: „Ina hat schon wieder alles weggeschüttet. Sie müssen da mal was sagen." Hab ich, hat aber nichts genützt, hätte es auch nicht, wenn ich dabei gewesen wäre. Diese ständigen Vorwürfe waren nervig. Als ich „zu Hause" bei Oma Müller davon erzählte, entschied sie: „Das Kind kommt nach dem Unterricht hierher. Ob ich für drei oder für vier Kinder koche, nimmt sich nichts." Ich war ihr sehr dankbar und hoffte, dass Oma Müller nicht auch sein ein Theater machte, wenn Ina auch ihr Essen verschmähte. Aber es kam ganz anders. Dort, zu Hause, schmeckte ihr alles. Wie Oma Müller das geschafft hatte? Sie fragte die Kinder nach jedem Gericht, wie es geschmeckt hatte und wollte eine ausführliche Antwort. Sie merkte sich die Kritik oder auch die Vorlieben, und so gab es eigentlich nur noch solche Speisen, die die Kinder mochten. Gab es Fleisch, bekam Ina eben mehr Gemüse oder was mit Ei. Sie aß so gut, dass der Haushelt endlich auf mein Angebot einging Und ich Kostgeld bezahlen durfte.

Inzwischen brachte Oma Müller meine Tochter auch manchmal ins Bett, denn in der Schule waren häufig abends Veranstaltungen wie Elternabende, Aufsicht im Klubraum, pädagogischer Rat oder andere Veranstaltungen. Ina war sehr eigen und musste alle Sachen, die sie ausgezogen hatte, erst wieder auf rechts drehen und fein glatt über die Sessellehne hängen. Oma Müller freute sich über den Ordnungssinn, denn bei den beiden Enkeln sah es anders aus. „Jungs eben", meinte sie. Aber andererseits trampelt sie auch, wollte schnell weg, denn das allabendliche Fernsehprogramm begann gleich mit der Tagesschau. Die wollte sie auf keinen Fall verpassen. Sie trieb Ina zwar mit Worten an, aber sie griff nic selber ein. Auch so ein Verhalten habe ich von ihr gelernt und mit Erfolg bei meinen Schülern angewendet. Die Zeit verging, ich wohnte nun schon einige Jahre in der Siedlung und war Teil der Familie von Oma Müllers Tochter. Oft bin ich auch abends noch zum Fernsehen rüber gegangen. Natürlich habe ich nicht die Programmwahl bestimmt, und so kam es, dass ich häufig auch Westfernsehen sah. Für Lehrer verboten. Doch wer wollte schon in alle Haushalte gucken und kontrollieren. In meinem Fall gab es einen Haken. Der ältere Sohn der Familie, Ralf, war ein Schüler meiner Klasse. Nie hat er sein Wissen über mich in der Schule kund getan. Es ging ja nicht nur ums Fernsehen, er kannte meinen Bekanntenkreis, meine Gewohnheiten, er war manchmal dabei, wenn ich Oma Müller über Probleme in der Schule berichtete. Er und ich, wir waren wie große Schwester und kleiner Bruder. Oft stänkerte er mit mir und es kam auch vor, dass ich ihn mal anbrüllte, lächelnd ertrug Oma Müller solche Reibereien. Sie griff nicht ein. Was für eine tolerante und kluge Frau. Doch je älter Ralf wurde, desto mehr veränderte sich sein Verhalten. Er wurde ruhiger und fing an, mich in allem, was ich tat oder vorhatte, zu unterstützen. In der Schule und zu Hause. Man kann das nicht in Worte fassen. Jetzt war er der große Bruder und ich die kleine Schwester. Ich denke, dass unsere so unterschiedlichen Charaktere für diesen Tausch verantwortlich waren - und sind. Denn bei jeder Begegnung und jedem Klassentreffen ist er der stolze große Bruder und ich die dankbare kleine Schwester.

Mit der Genehmigung für meine Tochter, schon nach dem Unterricht die Schule zu verlassen zu dürfen, ging einher, dass Oma Müller auch für die Erledigung der Hausaufgaben einstand. Die Jungen mussten ja die auch ihre Aufgaben machen, so dass ein Kind mehr oder weniger nicht ins Gewicht fiel. Außerdem brauchte sie sich in diesem Fall überhaupt nicht zu kümmern, denn ihre Enkel zeigten Ina nur zu gern, dass sie mehr konnten und halfen der Kleinen.

Ich fühlte mich hochverschuldet und konnte ein bisschen Ausgleich schaffen, in dem ich von uns zu Hause von Mai bis Juni Spargel mitbrachte, im Winter von den geschlachteten Schweinen Fleisch und Wurst und das ganze Jahr hindurch Obst und Gemüse, Marmelade, Kartoffeln.

Oma Müller hat nichts Essbares weggeworfen, ohne noch einen zweite Nutzen daraus zu ziehen. So kochte sie aus Spargelschalen noch eine leckere Suppe und Äpfel, die schlechte Stellen hatten, schnitt sie zurecht und briet sie mitsamt den übrig gebliebenen Kartoffeln zu würzig schmeckenden Bratkartoffeln. Viele ihrer Tricks im Haushalt und viel von ihrem pädagogischen Talent habe ich gar nicht als „Belehrung mitbekommen. Aber eines weiß ich, liebe Oma Müller, ohne Sie ware mein Leben armer, trostloser, stressiger und trauriger verlaufen. Ich habe viel von Ihnen gelernt, direkt und indirekt durch Ihre Vorbildwirkung. Zutiefst dankbar verabschiede ich mich von Ihnen und werde nun nicht mehr nach Ihrem Grab suchen.

EWa - Na, sowas!

Ein Riese lebte mit seinen beiden Söhnen auf einem Berg. Sie fingen die Vögel aus der Luft und aßen sie ungebraten auf und sie ernteten auf Wiesen Äpfel und Birnen, und von den Feldern nahmen sie Mais und Kartoffeln. Doch so groß sie auch waren, sie brauchten nicht viel zum Essen, so dass die Bauern nicht klagten und auch nicht auf die Idee kamen, die Riesen zu vertreiben. Als die Söhne erwachsen waren, reichte der Berg als Sitzfläche für alles drei nicht mehr aus. „Du bist der Stärkste und Größte," sagte der Vater zu seinem Ältesten. „Geh du und suche dir einen eigenen Platz auf einem Berg." Ohne zu murren ging der junge Riese los, probierte diesen Berg und jenen, aber keiner war ihm recht. Doch endlich fiel die Sitzprobe gut aus: Platz für den Po, die Beine baumelten an einem bewaldeten Hang hinab, ein Dörfchen war nicht zu nahe und rund um den Hügel gab es bebaute Flächen. Er blieb.

Es war Frühling, die Sonne schien schon schön warm und die Bauern bestellten ihre Äcker und pflegten die Wiesen und Obstbäume. Doch die Füße des Riesen nahmen den Bäumen die Sonne. Mit den Jahreszeiten änderte die Sonne ihren Lauf. Der Riese auch. Die Ernte fiel mickrig aus, das Obst reifte nicht, wie in den anderen Jahren, selbst das Vieh auf den Weiden bekam zu wenig Sonnenlicht, magerte ab und die Kühe gaben weniger Milch.

Im Dorf wurde Rat gehalten. Die Bewohner meinten: „Er ist stärker als wir, wir können ihn nicht bekämpfen. Wir wollen mit ihm reden. Vielleicht weiß er ja gar nicht, dass er uns schadet." Eine Abordnung wurde gewählt und zum Riesen geschickt. Der war sehr erstaunt, dass die Menschen sich zu ihm trauten. Der Grund dafür musste dringend sein. Neugier machte sich in ihm breit und er hörte den Dörflern genau zu. „So, so, meine großen Füße stören euch. Was machen wir denn da? Soll ich sie abhacken? - Nein, das geht nicht. Und weg von diesem herrlichen Sitzberg will ich auch nicht. Was nun?" Menschlein und Riese überlegten. Da fiel dem Riesen eine mögliche Lösung ein.

„Seht," sagte er, „ich rücke um den Hügel herum mit der Sonne, so dass meine Füße keinen zusätzlichen Schatten spenden. Ich könnte ja mit dem Schatten, den die Sonne sowieso wirft, wandern. Dann habt ihr so viel Sonne wie früher." Jubel erhob sich und alle waren überzeugt, dass das die Lösung des Problems sein könnte.

Es wurde verbredet, dass sich die Dorfbewohner nach einer sonnigen Woche noch einmal beim Riesen treffen, um die Wirkung zu schildern. Der Riese hatte Recht, seine Beine blieben im Schatten und die Ernte auf den Feldern gedieh, wie vorher auch. Dankbar brachten die Bauern einmal im Monat etwas Gebratenes und das süßeste Obst. Der Riese war glücklich auf seinem Hügel und die Dörfler auch auf ihren Wiesen und Feldern.

EWa - Monster gibt es nicht!

Zum Jahrestag unserer Schule sollten die Grünanlagen und der Hof auf Vordermann gebracht werden. Viele Schüler und auch einige Eltern waren am Sonnabend gekommen. Meine Jungs wurden für ein verhältnismäßig großes, mit Hecken und Büschen bewachsenes Stück eingeteilt. ‚Unkraut jäten' hieß der Auftrag. Zwei Mädchen und ich fegten den Hof. Alles lief gut ohne Streit und ohne Faulenzerei. Auf einmal schreckten alle auf. Ein spitzer Schrei war ertönt. „Da, da …" stammelte einer der Jungen. Kreidebleich zeigte er auf ein etwa mannsgroßes Loch inmitten der Büsche. Vier meiner Jungen waren weg. Hatten sie sich aus dem Staub gemacht? Wir begutachteten das dunkle Loch. Nachdem sich der Junge beruhigt hatte, erzählte er etwas Unglaubliches: Die Erde sei plötzlich aufgebrochen und ein starker haariger Arm habe die Vier, einen nach dem anderen in das Loch gezogen. Allen war so gruselig zumute und das Geschehen schien so unwirklich, dass sich keiner wehrte, obwohl die vier verschwundenen Jungen sonst gar nicht zimperlich waren.

Der Arbeitseinsatz wurde abgebrochen, Kinder und Eltern nach Hause geschickt. Einer der Kollegen rief die Polizei, doch deren Ermittlungen gingen ins Leere, wie unsere eigenen Recherchen auch.

Nach vielen Jahren erfuhren wir, was geschehen war. Die vier Jungen waren von einem Monster ins Erdreich gezogen worden. Sie durchwanderten die heiße Schmiede der Erde und kamen nach Wochen auf der anderen Seite der Welt wieder hervor. Die hier lebenden Menschen sahen anders aus, als sie, sie kleideten sich anders, benahmen sich anders und aßen Speisen, die den Jungen nicht schmeckten. Und sie sprachen auch anders. Das schien die größte Hürde zu sein. Wie sollten sie sich verständigen und den Einwohnern klarmachen, woher sie kamen und dass sie wieder wegwollten. Wahrscheinlich wollte sowieso niemand etwas mit ihnen zu tun haben. Denn nachdem man sie neugierig beäugt hatte, grinsten die meisten und alle wandten sich ab, um ihren Tätigkeiten nachzugehen. Die vier Jungen fühlten sich so verloren, wie sie es nie für möglich gehalten hatten. Ausgegrenzt, ja ausgestoßen, nicht dazu gehörig. Ob sich ihre Klassenkameraden auch so gefühlt hatten, wenn man sie auslachte, umherstieß, ihnen Sachen wegnahm? Doch diese Gefühle schüttelten sie bald ab. Sie hatten ja sich und hielten zusammen. Das half ihnen auch wirklich, die nachfolgenden Monate und Jahre voller Demütigungen zu überstehen. Sie beschlossen: Wenn wir hier überleben wollen, müssen wir werden wie die Ureinwohner. Allmählich lernten sie die Sprache, begriffen, wo und was sie arbeiten könnten, nach vielen Tagen mit hungrigem Magen, schmeckte auch die ungewohnte Speise. Ganz unmerklich, über die Jahre, wuchsen sie in die Gemeinschaft hinein, wurden akzeptiert und fühlten sich wohl.

Jeder von ihnen hatte inzwischen auch eine Familie, Frau und Kinder. Die Frage, woher sie denn gekommen waren, konnten und wollten sie nicht beantworten. Doch die Sehnsucht, noch einmal ihren Schulort und ihre Geschwister und vielleicht die ehemaligen Freunde zu sehen, blieb. Dreißig Jahre waren vergangen, da hatten sie das Geld für einen Flug in die ehemalige Heimat zusammen. Sie trafen viele ihrer damaligen Gefährten und erzählten ihre Geschichte.

Übrigens sind sie noch immer der Meinung, sie seien von dem Monster ausgewählt und entführt worden, weil sie in ihren Kinderjahren oft anderen geschadet oder gar wehgetan hatten.

Na, wer's glaubt.

Max Balladu - Sauerstoff

V-Fabrik, Sonntag 16. Dezember 2001

A N diesem Wochenende hatte Prost Bereitschaft und betrat gegen 8 Uhr die Messwarte. Hier hielt heute die A-Schicht die Fäden in der Hand.

Der groß gewachsene Schichtleiter Burghart Keppler kam dem Leiter entgegen, weil er ihm offensichtlich etwas sagen wollte, aber dazu kam er nicht mehr.

„Oxi ist raus!" rief der Operator Ralf Busse.

Sofort flackerten rote Signale auf den Bildschirmen und fast gleichzeitig ertönte die Hupe.

„Sauerstoffdruck tief", präzisierte der 2. Operator Jonas Kunz.

Der vierzigjährige Ralf Busse, schlank, einen Meter achtzig groß mit dunklen Augen in einem hübschen Gesicht war ein stiller, intelligenter Mann. Obwohl Einzelgänger, harmonierte er gut mit allen Kollegen der A-Schicht. Auf ihn war immer absolut Verlass. Eigene Fehler schienen ihm körperliche Schmerzen zu bereiten.

Obwohl er heute keinen Fehler gemacht hatte, verzog er sein Gesicht zu einer schmerzverzerrten Grimasse, weil Jonas das Erstsignal schneller bemerkt hatte als er. Manchmal war es nicht ganz einfach gleich das richtige Signal zu finden, das ursächlich zur Abschaltung geführt hatte, weil bei dem folgenden automatischen Abfahrvorgang natürlich auch noch andere rot leuchtende Signale hinzukamen. Wenn ein

Operator diesen Sachverhalt nicht so schnell erkennen konnte, wie in diesem Falle Jonas, dann musste erst das Abschaltprotokoll eingeblendet und dort die zeitliche Abfolge der Signale abgelesen werden.

„Nanu, gibt es Probleme bei der Firma Binde?", fragte Prost erstaunt.

„Keine Ahnung", antwortete Busse, „gemeldet hat sich bis jetzt noch keiner."

„Ich rufe gleich mal an." Der Schichtleiter griff zum Telefon. Noch bevor er abnehmen konnte, klingelte der Apparat. „Keppler CV-Messwarte."

„Einer unserer Kompressoren ist zwar nur kurz ausgefallen," meldete sich Norbert Blüm von der Firma Binde, „aber offensichtlich hat die kleine Druckabsenkung genügt, um euch rauszuschmeißen. Wenn ihr wollt könnt ihr gleich wieder anfahren."

„Das müssen wir erst prüfen," Keppler sah zu Prost, der schüttelte nur kurz den Kopf, „du erinnerst dich vielleicht, dass ich dir mal die Luftfahrweise erklärt hatte, die notwendig ist damit der Katalysator beim Neustart nicht verklebt." Er machte eine kurze Pause, offenbar schwieg aber sein Gesprächspartner und er fuhr fort, „unabhängig davon müssen wir immer vor dem Wiederanfahren inertisieren, und das dauert auch circa vier Stunden."

„Gut, na klar, sagt kurz vorher Bescheid."

„Natürlich! Wie immer." Der Schichtleiter legte wieder auf und wandte sich dem Betriebsleiter zu. „Was machen wir?"

„Alle Werte vor dem Ausfall waren sehr gut", dachte Prost laut nach, „insbesondere die E-Verbrennung und der Differenzdruck des Wirbelbettes. Außerdem haben wir beim letzten Ausfall vor 14 Tagen 24 Stunden Luftfahrweise gemacht. Das ist gut. Die PLAST-Anlage läuft auch volle Pulle, also sollten wir so schnell wie möglich wieder starten." Er lachte amüsiert auf, „damit wir nicht zur Produktionsbremse werden."

„Außerdem ist ein Kälteeinbruch angekündigt", nahm Keppler den Faden auf, „da ist es am besten, wenn die Anlage in Betrieb ist."

„Das ist richtig", Prost nickte zustimmend, „also fahrt Oxi nach der Inertisierung wieder an - ohne Luftfahrweise."

Ralf Busse reagierte schnell und begann mit den Vorbereitungsarbeiten. Danach mussten sie warten, bis der Prozess abgeschlossen war.

„Ich hatte den Eindruck, dass du mir etwas sagen wolltest bevor Oxi ausgefallen ist?" Prost sah Burghart Keppler fragend an.

Der mit seinem vollen braunen Haar gut aussehende, große, sportlich-schlanke Keppler war 1980 mit 27 Jahren zur C-V-Anlage gekommen. Im gleichen Jahr schloss er zusammen mit Lauter, Holz und Schubert ein Ingenieurstudium an der Fachhochschule Köthen ab. Der selbstbewusste und schnell denkende Mann war auch immer flott in der Anlage unterwegs. Seinen kleinen Sprachfehler bemerkten nur die mit ihm vertrauten Menschen.

„Das ist richtig. Ich habe in der letzten Freischicht zufällig meine Exfrau in Berlin wieder getroffen und soll dir natürlich Grüße bestellen."

Prost sah Keppler erstaunt an, „danke, du sagst das so locker, Burghart?"

Keppler lachte kurz auf. „Das habe ich doch längst überwunden. Ich lebe, wie du weißt, mit einer prima Frau zusammen und wir haben einem tollen Sohn."

Prost nickte lächelnd. „Das freut mich. - Und wie geht es deiner Ex?"

„Offensichtlich bestens, denn sie wirkte gelassen und sah auch gut aus."

„Burghart hat uns erzählt", mischte sich Ralf in das Gespräch ein, „dass du damals, als Vanessa quasi über Nacht mit Walter Lemke, dem Fähnchen schwingenden Wessi Operator, in den Westen abgehauen ist, zur SED-Kreisleitung gegangen bist?"

„Ja, Ralf," Prost wandte sich seinem Operator zu, „ich Naivling glaubte doch tatsächlich für Keppler über die Partei eine Reise in die Bundesrepublik erreichen zu können. In manchen Situationen kann ein von Angesicht zu Angesicht Gespräch, auch für einen Schlussstrich unter eine Beziehung, das Beste sein. Ich hatte damals einfach das Gefühl, dass Burghart irgendeine Hilfe brauchte, obwohl in so einer Situation eigentlich kaum Hilfe möglich ist."

„Und wie war das?", wollte nun der junge Anlagenfahrer Jonas Kunz wissen, „wie hat die Kreisleitung reagiert?"

„Ich weiß es nicht mehr genau. Aber ich bin denen wohl ordentlich auf den Geist gegangen."

„Mir hat damals allein schon dein Versuch geholfen", sagte Keppler, „davor befand ich mich wie im schwerelosen Raum. Ich wollte weg, aber ich kam kein Stück voran. Du hast mir einen Impuls gegeben und es ging zumindest von diesem Zeitpunkt an wieder weiter, ob vorwärts, das wusste ich noch nicht."

„War bei dem Gespräch auch jemand von der Stasi dabei?", fragte Jonas.

Der sehr große, schlanke Kunz saß lässig in seinem Rolldrehsessel. Der kluge und sportliche junge Mann war 1995 im Alter von 20 Jahren, kurz vor der Inbetriebnahme der umgebauten und erweiterten Anlage, zum C-V-Team gekommen. Jonas bereiste im Urlaub mit seinem Jeep die ganze Welt. Letztes Jahr im Sommer war er quer durch Afrika getourt. Kommendes Jahr ist Russland dran. Er will unbedingt bis nach Sibirien. Jonas ist sehr selbstbewusst und lässt sich eigentlich durch nichts aus der Ruhe bringen. Heute gehörte er schon zu den alten Hasen in der C-V-Anlage.

Prost schüttelte den Kopf. „Das weiß ich noch ganz genau, denn das Überraschendste für mich war, dass quasi die Stasi die Entscheidung gefällt hat."

Inzwischen hatten Kunz und Busse die Oxichlorierung wieder angefahren und waren dabei in kleinen Schritten die Last auf 100 % Last hochzufahren.

Bevor sich Prost verabschieden konnte, fragte Keppler, „ihr wollt ja morgen wieder eine V-Kugel inspizieren. War eigentlich wieder so viel PLAST-Pulver auf dem Boden vorhanden?"

Prost schüttelte seinen Kopf. „Es ging. Von oben sah es so aus, wie beim letzten Mal."

Manfred Sand trat an Prost heran. „Die Prüftanks damals waren fast halb voll mit PLAST Pulver."

Der Betriebsleiter zeigte mit dem Finger auf Sand. „Und ich kann mich noch daran erinnern, dass damals, es könnte 1987 gewesen sein ...“

„... 88“, verbesserte Sand.

„... es einen gewissen Kollegen Sand gegeben hat, der anschließend vom Augenarzt behandelt werden musste.“

„Na ja“, sagte Sand verlegen, aber ohne rot zu werden, „ich war ein bisschen unvorsichtig.“

Prost grinste. „Das hast du sehr behutsam formuliert. Aber das Beste verschweigst du uns noch.“

Manfred Sand war ein gestandener Anlagenfahrer im Alter von 45 Jahren, der von Anfang an zum Personal der neuen C-V-Anlage und da zum Abschnitt V gehörte. Der stämmige, mittelgroße Mann mit den kurz gehaltenen, widerspenstig wirkenden hellbraunen Haaren, arbeitete zuverlässig und pfiffig, manchmal konnte man dazu auch gerissen sagen.

Durch dieses Gespräch rückten wieder alle Anlagenfahrer zusammen. Diese letzte Bemerkung von Prost hatte alle neugierig gemacht.

Während Sand mit gesenktem Blick etwas zur Seite trat, sprach Prost weiter. „Wir haben damals alle die V-Emissionen und die Gefahr, die davon ausgeht, unterschätzt. Martin hatte für sich entschieden, weil nur 60 ppm in dem hundert Kubikmeter fassenden Behälter gemessen worden waren, auf eine Maske zu verzichten. Was er nicht bedacht hatte war, dass in den Prüftanks mit dem V auch viel HCl gelandet war. Das wurde zwar von hier aus wieder über die Destillation aufgearbeitet, aber in dem feinen PLAST-Pulver blieb genug davon an der großen Oberfläche haften. Beim Schaufeln wurde es nun freigesetzt und führte zur Verätzung seiner Augen."

„Ich sagte ja schon, dass ich unvorsichtig war", meldete sich Sand ein wenig kleinmütig, aber hoffend, dass Prost nicht weiter erzählen würde.

„Da musst du jetzt schon durch, Manfred." Prost sah lächelnd zu seinem Operator, wandte sich dann wieder den anderen zu und fuhr fort, „die Verätzung war Gott sei Dank nicht so schlimm, aber die Sache wurde natürlich als Unfall gewertet. Bei dessen Untersuchung rückte Manfred nicht ab von der Behauptung, dass er auf alle Fälle die Maske bei der Arbeit im Behälter aufgehabt hätte."

Allgemeine Heiterkeit breitete sich aus.

„Der Staub sei ihm außerhalb des Behälters in die Augen gekommen", beendete Prost seinen Satz und hob die Hand in Richtung Sand, um ihn am Reden zu hindern. „Du musst dich nicht verteidigen, Manfred. Alle, die jetzt gekichert haben, hätten sich wahrscheinlich genauso verhalten wie du. Es war halt nur zu offensichtlich, dass du gelogen haben musstest."

Wieder wollte Sand etwas sagen, aber Prost fuhr ungerührt fort, „diese Aktion von dir, Manfred, hatte ja auch etwas Gutes. Denn bei der wenig später folgenden Reinigung der Kugel 1 haben die Kollegen das Tragen der Maske schon wesentlich ernster genommen. Unabhängig davon hat es aber doch auch dabei einen Vorfall gegeben."

„Du meinst die Sache mit Marin, Thomas?", fragte Keppler.

Prost nickte.

„Was ist denn da passiert?", wollte Manfred nun wissen, der froh war, dass er damit von sich ablenken konnte.

Der Betriebsleiter sah sich in der Runde um. Alle blickten interessiert zu ihm. „Dieser Vorfall liegt ja nun auch schon über zehn Jahre zurück und von den damals Beteiligen ist nur noch Ulf Walter hier bei uns. - Die Hauptperson war damals Egon Marin, ein schlanker, mittelgroßer, zu diesem Zeitpunkt 34 Jahre alter Mann. Er hatte als Anlagenfahrer in der C-Schicht im Abschnitt C angefangen zu arbeiten, obwohl er ein mit Erfolg abgeschlossenes Ingenieurstudium hinter sich hatte. Er war sehr wissbegierig und ehrgeizig. Marin rannte jedem, der ihm vielleicht etwas in der Anlage zeigen konnte, hinterher, ob der das nun wollte oder nicht. Anfangs hielten das die meisten noch für normal, doch später wurde es eher aufdringlich. Marin hat sich damals zu dieser Reinigungsarbeit freiwillig gemeldet, obwohl er wusste, dass er eigentlich gesundheitlich dafür nicht geeignet war. Prompt ist er dann auch in der Kuller umgefallen. Die Sache ist zwar gut ausgegangen, aber Walter kontrollierte danach natürlich, dass Marin tatsächlich zum Arzt ging. Als er von dem Befund hörte, zwang er Marin dazu, mir die Wahrheit zu sagen."

„Was hatte denn der Arzt bei Marin damals für gesundheitliche Probleme festgestellt?", fragte Keppler.

„Eine leichte Herzkreislaufschwäche." Prost wiegte seinen Kopf leicht hin und her. „Der Hausarzt bestand darauf, dass der Betriebsarzt über diesen Befund informiert werden musste. Der, übrigens derselbe, der das auch heute noch ist, schrieb Marin untauglich für das Arbeiten unter Gasmaske. Vor der Wende war das kein Problem. Nach der Wende war es ein Kündigungsgrund. - Marin hat aber schon von sich den Betrieb verlassen. Wie viele Ostdeutsche, auch einige unserer Anlagenfahrer, erhoffte er sich nach der Wende in anderen Fabriken, vor allen Dingen natürlich im Westen Deutschlands, bessere Entwicklungsmöglichkeiten."

Es entstand eine kurze Stille in die hinein Jonas fragte, „neulich hat einer der älteren Kollegen eine Bemerkung über Bewährung in der Produktion zur DDR-Zeit gemacht. Was ist darunter zu verstehen?"

Prost wandte sich an den Schichtleiter. „Burghart, kannst du dich noch an Uwe Korn erinnern?"

Keppler zog die Stirn kraus. „War das nicht der geschasste Bürgermeister?"

„Genau! Der hatte sich irgendetwas zuschulden kommen lassen und so wurde er kurzerhand zur Bewährung in die sozialistische Produktion geschickt. Ein intelligenter Mann, aber er war schon zu alt, um sich in unsere Anlage hineindenken zu können. So wurde er fast nur zu Standardarbeiten eingesetzt. Am liebsten war ihm die Kesselwagenverladung. Diese kleine, überschaubare Einrichtung war für ihn berechenbar und damit kam er sehr gut zurecht."

„Was ist aus ihm geworden?", hakte Jonas nach.

„Er hat uns auch gleich nach der Wende verlassen. Ich habe nie wieder etwas von ihm gehört. Könnte mir aber vorstellen, dass er heute erneut irgendwo Bürgermeister geworden ist."

Es trat Stille ein.

Nach einer kleinen Pause erhob sich der Anlagenleiter. „Ich werde mich jetzt wieder auf den Heimweg machen. Ihr habt ja alles gut im Griff, wie ich sehen kann."

Prost schüttelte die Hände seiner Kollegen und verließ die Messwarte.

Jörg Körner - Ein Päckchen am Straßenrand
24. Dezember 1988

Ich war in einer Nachtschicht mit der Befüllung von C-Kesselwagen betraut. Das war ein Prozess, welcher ganzzeitlich vor Ort betreut werden musste. Besonders dann, wenn ein Kesselwagen bereits an der Station angeschlossen war. Also wurden die Aktivitäten von vornherein so geplant, dass es möglich war, den Arbeitsplatz rechtzeitig zur Kantinenöffnung verlassen zu können. So stand mir eine ausgedehnte Essenspause zur Verfügung, in der ich mehrere Portionen Hülsenfrüchte - ich glaube es waren Linsen mit Rotwurst - zu mir nehmen konnte.

Nach dieser Pause, die Kantine wurde nach mir ohnehin geschlossen, nahm ich die Arbeit in der Verladestation wieder auf. Nachdem ich einen Kesselwagen angeschlossen hatte und der Verladevorgang gestartet war, meldeten die Linsen sich mit dem heftigen Verlangen, meinen Verdauungstrakt wieder zu verlassen.

Das Problem an der Sache war jedoch die fehlende Toilette in unserem Verladehaus. Die verdammten Projektanten hatten wieder einmal an der falschen Stelle gespart.

Der Versuch, das Problem bis zum Ende des Abfüllvorganges auszusitzen, zeigte sich schon bald als unrealistisch und ein Verlassen der Station während des Befüllvorganges war nicht statthaft.

Da sah ich in der Dunkelheit neben dem Zähler der Abfüllstation meine Rettung in Form einer Pappkiste in Schuhkartongröße, in welcher wir Verlader die verbrauchten Dichtungen sammelten. Genau in diesem Moment wurde mir jedenfalls bewusst, woher der Spruch, ‚Auf die Kiste gehen‘, kommt. Um mir nicht in die Hosen zu scheißen und mir meine Leibwäsche zu versauen, hängte ich meinen Hintern über die Kiste und erlöste meinen schon heftig rumorenden Darm.

Somit war erst mal das wichtigste Problem gelöst.

Nur jetzt hatte ich eine Kiste, die ich nicht in meiner Nähe haben wollte. Müllcontainer waren nicht in der Nähe, also klappte ich den Deckel des Schuhkarton zu und stellte ihn direkt am Rand der Durchfahrtstraße ab.

Dort sollte sie natürlich nicht bleiben. Ich hatte geplant, in der nächsten Pause damit einen Müllcontainer zu beglücken.

Dazu sollte es aber nicht mehr kommen.

Ich war gerade wieder dabei meinen Gleisbereich zu betreten, als ich einen LKW bemerkte, der einige Meter hinter der Kiste zum Stehen kam und dann sofort bis auf deren Höhe zurücksetzte.

Ich stutzte und beobachtete mit steigendem Interesse, was da nun weiter geschehen sollte. Zu meinem Erstaunen sprang der Lkw-Fahrer aus seiner Fahrerkabine, lief schnell zu dem abgestellten Pappkarton, nahm ihn mit ins Fahrerhaus und setzte seine Fahrt zügig fort.

Nachdem ich diese Geschichte dann im Kreise meiner Schichtkollegen zum Besten gegeben hatte, machte jeder seine mehr oder weniger anzüglichen Bemerkungen. Drei davon habe ich mir gemerkt:

„Aus unseren volkseigenen Betrieben ist eben noch viel mehr heraus zu hohlen."

„In LUNA wird sogar die Scheiße geklaut!"
Und
„Der Lkw-Fahrer hatte bestimmt noch kein Weihnachtsgeschenk für seine Frau!"

Jörg Körner - Die unsittliche Berührung

21. März 1989

Zwei gut befreundete Kolleginnen der V-Fabrik, Beate Syling und Heike Hendel, warteten auf ihren Bus nach Halle-Neustadt. Mit ihnen standen noch weitere Schichtarbeiter an der Bushaltestelle, unter ihnen auch der 1. Anlagenfahrer der PLAST-Anlage Walter Bengsch.

Als dann der Bus endlich in die Haltestelle einfuhr, agierte Beate Syling nach dem alten Motto „zeitiges Kommen sichert die besten Plätze" und stellte sich so in den Haltestellenbereich, dass erwartungsgemäß genau dort die Tür geöffnet wurde und sie als Erste zusteigen konnte.

Soweit kein Problem.

Beate vermutete ihre Freundin hinter sich und wollte sie gleich als Nächste in den Bus ziehen. Also griff sie nach hinten, um die Hand Ihrer Kollegin zu ergreifen. Dumm nur, dass sich die Formation hinter der Ersten geändert hatte. Dort stand jetzt nicht mehr die vermutete Freundin Heike Hendel, sondern Walter Bengsch.

Noch dümmer … Beate bekam auch nicht Walters Hand zu fassen, sondern sie griff mit viel Schwung und Kraft unserm Walter zwischen die Beine!

Der Mann klappte mit schmerzverzerrtem Gesicht zusammen wie ein Taschenmesser.

Die wartenden Kollegen beobachteten belustigt,

„Nu isser hin, Beate!"

Erstaunt,

„Hast du etwa was mit dem PLAST(e)-Mann?"

84

Pikiert,
„Könnt ihr nicht warten, bis ihr zu Hause seit!",
diese Szene.

Jörg Körner - Der Sittenstrolch

Es muss so Anfang bis Mitte der 80-er Jahre im Monat März gewesen sei. Eine Frauenbrigade feierte den Frauentag in der Jägerschenke im Südpark Merseburg.

Zeitgleich waren auch die Lunesen Olaf Rewe, Frank Schmuderer, Petra Vadik, meine Hündin Gundula und ich in besagter Lokalität. Wir befanden uns im Freisitz und feierten, wenn ich mich recht erinnere, einen Geburtstag.

Mein Hund durfte mit feiern. Er bekam immer mal einen Schluck Bier in einen großen Glasaschenbecher gegossen, der unter dem Tisch stand.

Wir waren alle keine heftigen Trinker. Es ging uns weniger um den Konsum von Alkohol als vielmehr um das gemütliche Beisammensein.

Genau wie die Frauenbrigade feierten wir bis zum Ende der Öffnungszeit dieser Gaststätte. Deshalb verließen wir alle fast zeitgleich das Lokal.

Wir Lunesen machten uns sehr langsam auf den Heimweg. Der Hund durfte im Südpark, fern ab von jedem Autoverkehr, natürlich ohne Leine laufen und nutzte diese Freiheit, um im Unterholz herum zu stöbern.

Kaum ein paar Minuten im Freien unterwegs, spürten die meisten einen unwiderstehlichen Harndrang. Zu unser aller Pech war die Gasstätte auch schon verschlossen.

Das betraf insbesondere die Frauen, von denen einige keinen Schritt mehr laufen konnten, bevor sie sich nicht erleichtert hätten.

Das war zum Glück wegen der späten Stunde und dem angrenzenden Wald bei Dunkelheit auch kein Problem. Unter derart günstigen Randbedingungen war im Grunde genommen jedes Gebüsch und Unterholz ausreichend ‚blickdicht.'

Also verschwanden die Damen gemeinschaftlich im Unterholz, um ihre Blase zu erleichtern.

Ebenfalls im Unterholz war auch meine Hündin unterwegs, die das angeborene Verlangen besaß, alles mit ihrer kalten feuchten Nase zu erkunden.

Plötzlich stürzten die Frauen laut schreiend und recht notdürftig gekleidet aus dem Gebüsch und an uns vorbei in Richtung Parkausgang.

Kurz hinter ihnen kam Gundula aus dem Gebüsch.

Da wussten wir Bescheid.

Wir hätten uns vor Lachen beinahe in die Hosen gepinkelt.

Wenige Tage später veranstalteten wir eine kleine Familienfeier und wie sich herausstellte, war unter unseren Gästen auch eine junge Frau aus oben erwähnter Frauenbrigade, die ich aber in der Dunkelheit nicht erkannt hatte. Als ich von unserem Besuch in der Jägerschenke im Südpark Merseburg erzählte, schrie sie entsetzt auf.

Auf meine verwunderte Nachfrage, was an dieser Gasstätte denn auszusetzen wäre, erklärte sie immer noch mit Empörung in der Stimme, „da kriegen mich keine zehn Pferde mehr hin. Wir haben dort vor kurzen eine Frauentagsfeier gemacht. Im angrenzenden Wald treibt sich ein Sittenstrolch herum, der Frauen im Dunklen unsittlich mit seinem kalten Finger berührt!"

Während sie sich immer noch vor Abscheu schüttelte, streichelte sie den vermeintlichen Sittenstrolch und fütterte ihn mit Leckerchen.

Da war es vorbei mit meiner Beherrschung und ich lachte aus vollem Halse.

Ich glaube diese Bekannte besucht uns nie wieder.

Jörg Körner - Minnilastfahrweise

Erklärung des Wortes Minilastfahrweise:

Am 30. 6. 1991 sollte die größte Fabrik von LU-NA, dem ehemaligen volkseigenen Kombinat mit achtzehntausend Beschäftigten, die Wolken produzierende Karbidfabrik, abgestellt werden. Das würde natürlich für die Umwelt in dieser Region von großem Vorteil und zum Teil auch für die hier lebenden Menschen sein. Aber die Folge war leider auch, dass alle der auf das aus dem Karbid hergestellte Acetylen angewiesenen Betriebe ebenfalls die Produktion einstellen mussten. Daraus wiederum ergab sich zwangsläufig, dass viele Menschen hier ihre Arbeit verlieren würden. Auch für die C-V-Anlage fehlte dann der Abnehmer für das Zwischenprodukt Chlorwasserstoff (HCl). Kein Karbid bedeutete kein Acetylen. Kein Acetylen hieß keine V-Produktion nach dem alten Verfahren und damit wurde auch kein HCl mehr benötigt, das im neuen V-Herstellungsprozess als Nebenprodukt anfiel. Eigentlich hieße das auch das Aus für die nur zehn Jahre alte V-Fabrik. Doch nach der politischen Wende 1989 war eine Zeit voll so gewaltiger Veränderungen im Osten Deutschlands angebrochen, dass man sich hüten musste, vorschnelle Entscheidungen zu fällen. PLAST wurde in der ganzen Welt in großen Mengen benötigt und im immer noch neuen B-V-PLAST-Komplex war ja alles zur Produktion dieses Produktes vorhanden. Es fehlte eben nur noch die Möglichkeit, das bei der V-Produktion anfallende HCl, irgendwo zweckmäßig einsetzen zu können. Die sinnvollste Anwendung wäre natürlich die in der Oxichlorierung, aber diese Anlage musste erst noch gebaut werden. Sollte die Fabrik solange stillgelegt werden? In normalen Zeiten wäre das wohl auch so geschehen. Aber im Osten Deutschlands würde es noch lange keine normalen Verhältnisse geben. Es war wichtig die Menschen zu beschäftigen und die erfahrenen Arbeitskräfte im Unternehmen zu behalten, denn in spätestens vier Jahren würde man sie wieder benötigen. Was tun? – Eine Bilanz, bezogen auf den Bedarf an HCl, ergab maximal 10 Tausend Tonnen pro Jahr. Das war weniger als ein Zehntel der normalen Produktion der V-Fabrik.

„Könnt ihr das?", lautete die lakonische Frage der Ökonomen des von der Treuhand verwalteten Unternehmens an den Betreiber. (Auszug aus ‚Mord am Abend und die kleine Revolution' von Max Balladu, S. 8-9)

Bericht des Operators Jörg Körner zur Vorbereitung dieser Minnilastfahrweise

Jedenfalls mussten unsere Kolonnen umgebaut werden, um minimale Durchsätze fahren zu können. Weiterhin war es erforderlich die Böden auszubauen, damit sie großflächig mit Blechen abgedeckt werden konnten.

In Handarbeit wurden aus den alten Böden die Ventile demontiert. Das war damals der Part unserer Schichtarbeiter, zu denen auch ich gehörte.

Wir standen auf der Freifläche zwischen großem Apparategerüst und dem C-Tanklager, weil da genug freie Montagefläche zur Verfügung stand und entfernten die Ventile aus den Blechen.

Bei der enormen Anzahl von Böden und somit von Ventilen, war das über einen längeren Zeitraum schichtfüllend. Um hier schneller voran zu kommen, wurde uns dabei Unterstützung durch Mitarbeiter aus dem, im Volksmund sogenannten „Altwerk" zu teil. In unsere Schicht kam auch ein ziemlich dunkelhäutiger, ja fast schwarzer Kollege, welcher sehr fleißig und freundlich war und zudem auch noch sehr gut deutsch sprechen konnte, zum Einsatz. Wir standen also auf der Freifläche und demontierten die Ventile aus den Ventilböden. Dazu hatten wir als Standardwerkzeug einen Metallgriff erhalten, mit welchem die Haken an den Ventilen umgebogen werden konnten, denn dann ließen sich die Ventile problemlos aus dem Boden entnehmen.

Alle Operator kannten die Wichtigkeit des Umbaus der V-Anlage und waren darauf bedacht, sich hierbei nützlich machen zu können. Auch die, die noch zu anderen Arbeiten eingeteilt worden waren. Dieses Team auf der Freifläche wurde gern unterstützt.

Es gab aber nicht genügend solcher Werkzeuge, um die Ventile aufzubiegen. Also wurde improvisiert und eben Zangen für diesen Arbeitsschritt genutzt.

Ich kramte also eine etwas altersschwache Wasserpumpenzange aus meiner Werkzeugtasche und machte mich ans Werk. Diese Dinger werden bei Handwerkern auch als „Pfotenklemmer" bezeichnet. Bald merkte ich auch warum! Die Zange wurde schon nach kurzem Gebrauch im Verstellgelenk locker und sprang über die Arretierung. Natürlich habe ich mir auf klassische Weise ordentlich die Haut der Handinnenflächen geklemmt.

„Schwein schwarzes!!" schimpfte ich laut und unfreundlich, denn die Schmerzen waren höllisch. Mit diesem Fluch war natürlich in meiner Verärgerung die Zange und meine eigene Ungeschicklichkeit gemeint.

Unsere Unterstützungskraft aus dem Altwerk hörte dieses Fluchen natürlich auch, konnte jedoch nicht wissen, dass ich damit nur meinen Unmut über diese Zange zum Ausdruck gebracht hatte. Um nicht in Konflikt mit mir zu geraten, warf er sofort sein Werkzeug weg und flüchtete auf die Rohrbrücke. Im ersten Moment habe ich das nicht mit mir in Verbindung gebracht. Als ich dann endlich begriff, was da gerade geschehen war, wollte ich ihn natürlich schnell über seinen Irrtum aufklären. Es kostete mich allerdings viel Zeit, Geduld und Überzeugungskraft, um ihn wieder von der Rohrbrücke runter zu bekommen.

Ende gut alles gut… ?

Nach dem ich ihm dann die ganze Sache erklärt hatte, konnte er zum Glück darüber lachen.

Max Balladu - Minus fünfundzwanzig Grad

17. Dezember 2001

In der Nacht zum 18. Dezember fiel die Außentemperatur auf -25 °C.

Als Harry Kupfer in dieser Nacht erwachte, spürte er die Erektion und starkes Verlangen nach Sex. Er drehte sich, tastete mit der linken Hand nach seiner Frau, streichelte leicht ihren Körper, sodass sie sich ihm schlaftrunken zuwandte. Langsam und vorsichtig, sich gegenseitig genug Zeit lassend, um wach zu werden, damit sie die Vorgänge bewusster wahrnehmen konnten, schmiegten sie ihre Körper aneinander. Sie entfernten die Bettdecken zwischen sich und liebten sich nach Herzenslust.

Schwer atmend rollte Harry in sein Bett zurück, während er mit seiner linken Hand weiter seine noch leise stöhnende Frau streichelte.

Auch beider Puls beruhigte sich, bis plötzlich das Telefon klingelte.

Es war 2 Uhr nachts.

„LUNA", murmelte die Frau enttäuscht und drückte ihren Kopf ins Kissen.

„Ja, aber wenigstens sind wir dieses Mal schon fertig."

Langsam stand der Mann auf und ging nackt zum Telefon. „Kupfer", meldete er sich und hörte sofort die aufgeregte Stimme von Ulf Walter, dem Schichtleiter der C-Schicht.

„Das gesamte Dampfsystem des Unternehmens ist ausgefallen und das bei -25 °C. Wenn wir abstellen müssen, wird uns einiges Einfrieren. Noch sind wir, bis auf die Direktchlorierung, denn die Elektrolyse ist natürlich ausgefallen, in Betrieb."

„Auf keinen Fall abstellen", sagte Harry hastig und fuhr dann ruhiger fort, „schließt sofort das Baueingangsventil für die ND-Dampfversorgung. Wir haben diesen Fall schon einmal durchgerechnet und hoffen deshalb, dass wir uns auch allein mit Dampf versorgen können. Wenn der Druck nach dem Schließen des Schiebers noch weiter fällt, dann reduziert ihr die Rückläufe von Leichtsieder- und Hochsiederkolonne. Der Mitteldruckdampf reicht auf alle Fälle, aber ihr müsst mit dem Baueingangsregelventil den Druck von Hand auf die notwendigen 16 bar einstellen. Ulf, versucht das so zu organisieren, ich bin in zwanzig Minuten im Werk."

„Es tut mir leid", murmelte Ulf, „aber meine Leute fühlen sich wohler, wenn du kommst."

Kupfer legte auf.

Seine Frau lag entspannt, wunderschön in ihrer Nacktheit, auf dem Bett und sah ihm entgegen. „Du fährst gleich?"

„Ja, ich hätte hier zu Hause keine Ruhe mehr."

„Ich weiß. Das ist auch okay. Wenn du wieder nach Hause kommst machen wir's noch mal."

Harry streichelte kurz ihre schönen Brüste, küsste ihr auf den Mund und ging ins Bad.

Nach fünf Minuten steckte er nur noch den Kopf durch die Tür. „Tschüss, ich freue mich schon aufs Wiederkommen."

Im Auto überlegte er, ob es noch andere Dinge zu bedenken gab bei einem totalen Dampfausfall.

Auf jeden Fall war es wichtig, dass die Anlage in Betrieb blieb, denn durch die eigene Dampfproduktion im Oxi-Reaktor, in der Spaltung und Rückstandsverbrennung, konnte die V-Fabrik eigentlich unbegrenzt weiter betrieben werden. Zumindest solange die Rohstoffversorgung noch klappte und genug Platz im V-Tanklager vorhanden war, denn die dampfverbrauchende PLAST-Anlage musste ebenfalls abgestellt werden.

Um 2:21 Uhr betrat Kupfer die V-Anlage.

„Hallo, Jugendfreunde, es sieht fast so aus, als ob ihr alles im Griff habt?"

„Im Prinzip ja", antwortete Ulf Walter, „nur der ND-Dampfdruck fällt noch weiter und das Baueingangsventil für Mitteldruckdampf lässt sich nicht regeln, aber daran arbeitet die MSR bereits. In ein paar Minuten können wir zumindest im Handbetrieb von der Messwarte aus den Druck regeln."

„Wie weit habt ihr den Rückfluss der HS-Kolonne reduziert?"

„Auf 30 (m3/h)", meldete sich Heidi Bart, „mehr dürfen wir ja nicht."

Die immer gesund aussehende Heidi Bart, was vielleicht nur an den immer ein wenig geröteten Wangen lag, war knapp 40 Jahre alt, verheiratet und die Mutter von drei Kindern. Die intelligente und auch gut aussehende Frau dämpfte diesen Eindruck ein bisschen durch ihre männlich wirkenden Bewegungen. Die gelernte Chemiefacharbeiterin beherrschte ihre Aufgaben ausgezeichnet, obwohl man ab und zu den Eindruck haben konnte, dass sie mit ihren Gedanken ganz woanders weilte. Das wurde auch dadurch unterstrichen, dass sie, wenn jemand sich an sie mit einer Frage wandte, zuerst mit einer Rückfrage reagierte, als wären ihre Gedanken gerade mit etwas anderem beschäftigt gewesen, so dass sie die Frage nicht verstanden hatte. Die Fortsetzung des Gespräches war dann konkret, präzise, geprägt von guten Kenntnissen und absolut ohne unnützes Geschwafel. Sie gehörte schon seit Jahren zum Stamm der C-Schicht und verstand sich besonders gut mit Ulf Walter.

Kupfer sah sich die abfallende Druckkurve des Dampfes an. „Da stimmt noch etwas anderes nicht. Ulf lass sofort prüfen, ob das Baueingansventil wirklich zugefahren ist. Falls nicht, dann muss schnell der Handschieber geschlossen werden."

„Das mache ich selbst. Tim du kommst mit." Die beiden verschwanden und schon nach einer Minute tönte es aus der Sprechanlage: „Bist du Hellseher Harry? Das Dampfventil ist tatsächlich nicht zugefahren. Tim schließt schon den Handschieber. Ich werde ihm gleich helfen. Harry, kannst du die MSR beauftragen?"

„Haben schon mitgehört, ich kümmere mich."

Kupfer schrieb den Auftragsschein, reichte ihn an den Kollegen von der Schicht-MSR weiter, der nahm seine Werkzeugtasche und marschierte los.

Die Barth beobachtete weiter die Dampfdrucktendenz, während Kupfer ihr über die Schulter sah. „Sieht so aus, als ob der Druck nicht weiter fällt. Wenn er wieder steigt, erhöhe ich den Rückfluss?"

„Genau." Harry sah sich um, „wo sind eigentlich eure zwei Azubis?"

„Die sind an der Ersatzstation." Heidi zeigte auf die Messtafelwand, hinter der sich der Messwarten-nebenraum befand, in dem noch eine Prozessleitsta-tion stand. „Ulf hat sie noch vor der Störung dorthin geschickt."

„Na, das kann doch nicht wahr sein", brummte Kupfer erstaunt, „eine solche Störsituation kommt nicht so häufig vor, da sollten sie auf alle Fälle dabei sein."

Der Chemiker ging in Richtung des Messwarten-nebenraum und wollte gerade rufen, da kamen die beiden ihm schon entgegen.

„Es war so ruhig geblieben", sagte Julia schnell, „da haben wir angenommen, dass alles in Ordnung ist."

„Wenn sonst eine Störung eintritt, ist sofort Bam-bule in der Messwarte", ergänzte Jan.

„Darum ist diese Situation ja so interessant, denn eine Störung wie diese, ein Dampfausfall im gesam-ten Standort LUNA, aber trotzdem läuft die C-V-Anlage fast ungestört weiter. Das ist doch bemer-kenswert, oder?" Kupfer sah die beiden erwartungs-voll an.

„Das überrascht uns nicht", antwortete Jan tro-cken, „wir haben erst vor zwei Tagen in der Schule von der umweltfreundlichen V-Fabrik gehört, wozu ja auch zählt, dass sie quasi keine Energie benötigt."

Was sehr selten vorkommt geschah.

Harry Kupfer war sprachlos!

Heidi prustete los vor Lachen. „So einfach ist das, Herr Kupfer, wozu haben sie eigentlich studiert?"

Diese Bemerkung gab Kupfer die Sprache wieder. „Genau, Heidi, das weiß ich selbst nämlich auch immer noch nicht. Aber eins weiß ich genau, es gibt einen riesigen Unterschied zwischen Theorie und Praxis. Doch es ist auf alle Fälle sehr lobenswert, wenn unsere jungen Leute die Theorie so gut beherrschen. Jan, du weißt dann sicher auch, ob die V-Anlage immer ohne Dampf auskommt?"

„Das weiß ich nicht. Darüber haben wir noch nicht gesprochen. Aber ich vermute die Antwort lautet - nein?"

„So ist es. Es sind sogar sehr große Mengen erforderlich, weil der Dampf erst in Verbindung mit den Reaktionen erzeugt wird und die Reaktoren können nur dann angefahren werden, wenn die Destillation schon läuft."

„Ist das eine Hundekälte da draußen." Timm Dachs kam zusammen mit Ulf Walter in die Messwarte und schlug die Arme gegen seinen Körper.

Der athletische, stattliche Mann verfügte über eine abgeschlossene Berufsausbildung als Instandhaltungsmechaniker. Sein, trotz seines jugendlichen Alters, schon etwas schütteres Haar mit den immer deutlicher hervortretenden Geheimratsecken, gab dem harten Männergesicht ein intelligentes Aussehen. Genau das traf auch zu, denn der 35-jährige Schlosser hatte, wie es sein früherer Chef Sänger formulierte, ‚ordentlich was auf dem Kasten'. Diese Klugheit machte es ihm auch nach der Wende leicht, da überall Arbeitskräfte abgebaut wurden, als Anlagenfahrer im Bereich C-V Fuß zu fassen.

Dachs fügte seinem ersten Satz beim Betreten der Messwarte noch hinzu, „das müssen doch mindestens minus 20 Grad sein?"

„Es sind sogar minus 25", korrigierte Heidi.

„Und, ist nun alles okay, halten wir den Druck?", wollte Ulf Walter von Heidi wissen.

„Alles in Ordnung. Ich konnte den Rückfluss der HS-Kolonne wieder ein wenig anheben."

Dachs setzte sich auf einen freien Stuhl. „Gott sei Dank, dass unsere Anlage jetzt so gut isoliert ist. Erinnerst du dich noch daran, Harry, wie es uns zu Weihnachten vor vier Jahren ergangen ist?"

„Und ob Timm! Das werde ich nie vergessen, ebenso wenig wie die Stärke und Zähigkeit der C-Schicht."

„Was war denn damals passiert?", fragte Julia neugierig.

Kupfer drehte seinen Kopf in Richtung der jungen Frau. „Es war nur einige Wochen nach dem ersten Anfahren der gesamten neuen Anlage." Harry setzte sich neben Timm. Die anderen bildeten einen Halbkreis um ihn. Alle saßen so, dass sie leicht die Bildschirme beobachten konnten. Kupfer lächelte versonnen. Er liebte es, Storys zu erzählen.

V-Fabrik, Dienstag 23. Dezember 1996

Die C-V-Besatzung taumelte nach dem erfolgreichen Start-up der Anlage noch von einer Störung zur anderen. Die Ursachen waren neben den Problemen beim Umgang mit dem chemisch-technologischen System meistens Unzulänglichkeiten beim Bau oder der Projektierung der Anlage, der Fabrikation der

Apparate und Aggregate und kleinere Fehler in der Technologie der Verfahrensstufen. Kurz vor Weihnachten am 21. Dezember war es plötzlich eisig kalt geworden.

Es gab zum wiederholten Mal Ausfälle der Spaltung, wodurch es notwendig wurde, auch den Oxi-Reaktor abzustellen. Es war sehr wichtig wenigstens einen kleinen Bestand an flüssigem HCl zur Verfügung zu haben, weil so wenigstens die V-Destillation in Kreisfahrweise in Betrieb bleiben konnte. Dadurch würde dann das Wiederanfahren der Spaltung erheblich leichter sein. Außerdem war der Feedtank ziemlich voll und so musste auch die DC abgestellt werden.

Das große Problem waren damals die Flammenwächter der Brenner am Spaltofen. Es dauerte bis zum 23. 12. ehe die Spaltung wieder in Betrieb war und wieder etwas mehr HCl-Vorrat für die Oxi zur Verfügung stand. Als die Anlagenfahrer die Vorbereitungen zum Start des Oxi-Reaktors trafen, stellten sie fest, dass einige Leitungen eingefroren waren.

Die Projektanten waren davon ausgegangen, dass es in Deutschland nicht vorkommt, dass Temperaturen unter minus 20 °C auftreten und C wird erst bei -35 °C fest. Also waren alle C-führenden Leitungen, auch die mit feuchtem C, unisoliert geblieben. Was die Ingenieure nicht bedacht und der Betreiber bei der Kontrolle übersehen hatte war, dass das Wasser im feuchten C bei Temperaturen um minus 20 °C herum anfängt auszukristallisieren und dadurch die Rohrleitungen verstopfen konnte.

Am 23.12. herrschten schon am Tage -20 Grad.

Was sollte das erst in der Nacht werden?

Die Isolierfirma war schon auf Weihnachtsurlaub geschickt worden, also mussten die Anlagenfahrer, wie früher zu DDR-Zeiten, selber rann.

Die A-Schicht besorgte noch am Tage Isoliermaterial.

Prost war schon wegen der Spaltung zwei Tage ununterbrochen in der Anlage gewesen. Er wirkte müde und abgespannt. Kupfer war auch nicht gerade optimistisch und die A-Schicht war froh, dass ihre Schicht gleich zu Ende sein würde.

Dann kamen die Nacht und die C-Schicht!

Porst und Kupfer hatten es schon des Öfteren erlebt, aber es überraschte sie auch dieses Mal wieder. Mit der neuen Schicht kam mit einem Schlag Optimismus in die Anlage.

„Wir haben schon bei unserer Ankunft die Isolierwolle gesehen", sagte Timm Dachs unternehmungslustig, „was ist denn eingefroren?"

„Ungefähr fünfzig Meter, feuchtes C führende Rohrleitungen", antwortete Kupfer, „die müssen wir wieder auftauen und provisorisch isolieren, und zwar so schnell wie möglich. Wir müssen Oxi wieder anfahren, damit bei dieser Kälte nicht noch mehr einfriert."

„Erwin, Timm, Stefan was meint ihr, können wir das schaffen?", fragte nun Ulf Walter seine Leute.

„Wenn unsere Schicht zu Ende ist, läuft die Anlage wieder", sagte Erwin Keck und sah auffordernd zu Timm.

„So ist es", ergänzte Dachs trocken.

Prosts Gesicht hellte sich wieder auf und auch Harry sah man an, dass ihn langsam Zuversicht erfüllte.

„Ich hole mir meine Wintersachen und komme mit raus." Kupfer stand auf und ging.

Prost trat einen Schritt näher an die C-Schichtkollegen heran. „Die Rohrleitungen sind zum Teil schwer erreichbar und wir bekommen so schnell keinen Gerüstbau. Dazu die Hundekälte. Das ist nicht ungefährlich. Ihr müsst sehr aufmerksam sein."

„Keine Sorge, Thomas", Erwin sprach für alle, „wir schaffen das, ohne Unfall."

Prost wusste, das war nicht nur so daher geredet. Wo Keck arbeitete sorgte er dafür, dass es keine hektischen Aktivitäten geben würde.

Die Anlagenfahrer berieten sich kurz mit ihrem Schichtleiter. Daraufhin blieben zwei in der Messwarte zur Überwachung der Anlage, zwei mussten für die Außenrunden zur Verfügung stehen und die restlichen vier, zu denen sich nun auch Harry Kupfer gesellte, verließen die Messwarte, um die Auftau- und Isolierarbeiten zu erledigen.

Es war 18:30 Uhr.

Die Außentemperatur war auf minus 22 °C gesunken.

Prost ging in sein Büro, stülpte sich die Ohrenschützer über den Kopf, zog seine Wattejacke an, setzte den Helm wieder auf und ging den fünf Männern hinterher. Am Anfang spürte man die Kälte gar nicht.

Prost sah, wie Harry Kupfer in drei Metern Höhe auf anderen Rohrleitungen balancierend mit einem 1

Zoll-Schlauch hin und her wedelnd eine aufzutauende Rohrleitung gleichmäßig mit Dampf aufheizte. Damit man den Effekt würde sehen können, hatte Erwin einen Flansch in der Rohrleitung gelöst. Im Moment tropfte es nur sehr wenig aus dieser Öffnung. Doch von Minute zu Minute wurden die Tropfen mehr.

Tim war damit beschäftigt mit einem Seil Isoliermaterial auf die drei Meter hohe Rohrbrücke zu ziehen, damit die aufgetaute Leitung sofort isoliert werden konnte. An einem anderen Rohrleitungsstück arbeiteten die anderen zwei Operator in ähnlicher Art und Weise. Alle waren ruhig und konzentriert bei der Arbeit.

Prost winkte ihnen zu und ging wieder in sein Büro.

Eine Stunde hielten die Kollegen es in der Kälte aus. Dann kamen sie mit roten Gesichtern in die Messwarte.

„Könnt ihr euch eine V-Anlage in Sibirien vorstellen?" Timm setzte sich, schüttelte mit dem Kopf und setzte seine Gedanken fort, „dort müssten ja auch alle C-Rohrleitungen isoliert und sogar beheizt sein."

„Ja und wenn dort etwas einfriert", setzte Erwin die Überlegungen fort, „dann müssten wir bei minus 40 °C rausgehen und auftauen. Brrr. - Haben wir das gut - bei nur minus 22 Grad."

Sie wärmten sich eine Viertelstunde auf und gingen erneut in die eisige Kälte.

Um 20:00 Uhr waren es schon minus 23 °C.

Nach Mitternacht setzte bei nunmehr minus 25 °C ein leichter Ostwind ein.

103

„Jetzt kann ich mir gut Sibirien vorstellen", meinte belustigt Stefan Becker, der jüngste der C-Schicht und gab sich gleich selbst einen Rat, „also müssen wir schneller machen, damit wir warm bleiben."

„Schön ruhig, mein Sohn", mahnte Erwin Keck, „wenn uns jetzt schneller kalt wird, dann verkürzen wir die Arbeitsperioden."

Gegen 3:30 Uhr waren alle Rohrleitungsstücke aufgetaut und isoliert. Der Start für den Oxi-Reaktor wurde nun für 4 Uhr festgelegt.

Zum Schichtende, um 6 Uhr war die Oxi-Anlage mit 40 % Last in Betrieb.

Die Gesichter der Kollegen der C-Schicht sahen grau und müde aus, aber sie lächelten.

Timm ging auf Thomas und Harry zu. „Was haben wir euch gesagt? Die Anlage läuft wieder. Den Rest macht die D-Schicht." Sprach's und verließ die Messwarte.

17. Dezember 2001

„Ja, so war das damals", beendete Kupfer seine Erinnerungen. „Julia, du arbeitest hier sozusagen mit Helden der Arbeit zusammen und das ist nicht einmal übertrieben."

„Ich bin beeindruckt", sagte die junge Frau mit aufgerissenen Augen, „eigentlich habe ich den Dachs für ein Großmaul gehalten. Ich habe mich geirrt, entschuldige Timm."

„Schon gut", brummte Dachs, „das mit der großen Klappe stimmt ja trotzdem. Doch, wenn die Kacke am Dampfen ist, dann wird das Maul geschlossen und zur Tat geschritten."

104

Julia wollte noch etwas sagen, zögerte aber. Es sah so aus, als ob sie sich nicht traute.

Das machte Timm natürlich stutzig. „Du hast doch noch etwas auf dem Herzen, Julia. Spuck's aus."

Die junge Frau druckste noch ein bisschen herum und fragte dann, „bei uns in der Berufsschule gibt es ein paar dämliche Typen, die nur Unfug im Kopf haben. Gab es denn bei euch nur Helden der Arbeit?"

Lautes Gelächter erfüllte die Messwarte. Als das Lachen abebbte sagte Keck, „das musst du gerade in unserer Schicht sagen, Julia, da fallen mir doch sofort die Namen Bötel und Tiehe ein."

„An Bötel hat sich auch Prost seine Zähne ausgebissen", fügte Ulf Walter lächelnd hinzu.

Kupfer hatte zuerst bei der Nennung der Namen laut mitgelacht, sah jetzt aber ernst auf Walter. „Die interessanteste Geschichte ist aber die mit Tiehe und dir Ulf, hast du das vergessen?"

Verlegen verzog sich Walter in den Hintergrund, ohne etwas zu sagen.

Harry sah ihm nachdenklich hinterher. „Du brauchst nicht gleich auszureißen. Wir haben alle irgendwann unsere Fehler gemacht und du hast halt eine schwache Leistung mit Tiehe abgegeben."

Alle Anlagenfahrer spitzten natürlich die Ohren. Man sah förmlich die Fragen in ihren Gesichtern:

„Wer war Tiehe?"

„Was hatte Ulf Walter verkehrt angepackt?"

Julia dachte nach, bevor sie zögerlich sagte, „kann denn ein Schichtleiter überhaupt etwas falsch machen?"

Kupfer ließ sich gemütlich auf seinem Stuhl fallen und begann lächelnd zu erzählen.

V-Fabrik, Mittwoch 14. März 1997

Das Telefon auf dem Pult in der Messwarte klingelte.

Bauer nahm den Hörer ab, „V-Messwarte, hier spricht der fast schon nicht mehr anwesende Bernd Bauer. Was kann ich trotzdem noch für sie tun?"

Er lauschte in den Hörer und brüllte plötzlich los: „Halt, Leute, es muss schon wieder einer von uns länger bleiben, weil dieser Tiehe nicht zur Schicht erschienen ist."

Manfred Sand, der schon die Tür geöffnet hatte, um die Messwarte zu verlassen, schloss sie wieder, drehte sich um und fluchte, dass es durch die Messwarte schallte. „Das ist doch zum Kotzen mit diesem Kerl. Dem müsste mal einer richtig vors Schienbein treten." Er machte eine kurze Pause und fragte dann in Richtung Messwartenpult, „kannst du bleiben Bernd oder soll ich?"

Bauer hielt den Hörer weiter in der Hand, wiegte seinen Kopf hin und her und sagte dann, „Geh' ich besser jetzt zur Ruh', mache beide Augen zu? Oder soll ich hier verbleiben und mir meine Zeit vertreiben?"

Sand lachte. „Die Entscheidung wäre leicht für dich, wenn uns die D-Schicht mit Balla und Hossa ablösen würde, was?"

Der 1997 knapp 40 Jahre alte Bernd Bauer mit den dunklen, leicht gewellten Haaren unter denen sich auch schon ein paar graue zeigten, war ein intelligenter Anlagenfahrer, der schnell und zuverlässig arbeiten konnte. Der mittelgroße, schlanke und sportliche junge Mann war geschieden, lebte aber wieder mit Exfrau und seiner Tochter zusammen. Der gelernte Chemiefacharbeiter hatte schon in anderen Produktionsbetrieben Erfahrungen gesammelt bevor er 1980 in die neue C-V-Anlage gekommen war. Hier hatte er lange Jahre in der D-Schicht gearbeitet bevor er zur A-Schicht wechselte. Mit Hossa und Balla hat er sich hervorragend verstanden und obwohl die beiden zum Abschnitt C und er zum Abschnitt V gehörte, trieb er sich trotzdem viel mit den beiden gemeinsam in der Anlage herum. Die humorvolle Floskelei tat dem jungen Mann gut, weil er anfangs viel zu ernst und verbissen war, was wohl auch unter anderem zu seinen Problemen in der Ehe geführt hatte. Jetzt sah er die Dinge des Lebens mit einer gesunden Portion Humor und fast alles klappte viel besser.

Bauer streckte seinen Oberkörper, man konnte ihm ansehen, dass er sich entschieden hatte und sagte laut, sodass es auch Sand hören konnte, in die Sprechmuschel des Telefonhörers: „Ich bleibe hier", drehte sich in Richtung Messwartenausgang und fügte hinzu, „du kannst nach Hause fahren, Manfred."

Sand winkte ihm nur noch kurz zu und verschwand augenblicklich hinter der zuschlagenden Messwartentür.

Im Schichtleiterzimmer legte Keppler den Hörer zurück auf die Telefongabel. „Bauer bleibt hier. Hoffentlich kommt der Knabe Tiehe noch. Das ist jetzt schon das dritte Mal in diesem Monat, dass der Kerl zu spät oder gar nicht kommt. Du musst ihm mal einen Verweis verpassen, sonst hört das nie auf."

Walter zuckte nur mit den Schultern. „Ich glaube der schlachtet noch privat bei einigen Leuten, die sich in ihren Gärten Schweine halten ..."

„Was", unterbrach ihn Keppler, „das ist doch eine Nebenbeschäftigung. Wer hat ihm das denn erlaubt, etwa Prost?"

Walter schüttelte nur seinen Kopf und schwieg.

„Mensch Ulf, du machst dich mitschuldig", fügte Keppler nachdrücklich hinzu, „das darfst du nicht mehr länger zulassen."

Walter stand auf, schob seinen Stuhl dicht an seinen Schreibtisch, stützte seine Arme auf die Rückenlehne und brummte, „was soll ich denn machen? Eigentlich ist das ein intelligenter Kerl, aber leider kann man sich nicht auf ihn verlassen."

Der erst 35 Jahre alte, mittelgroße Klaus-Thomas Tiehe wirkte durch seinen gedrungenen, fast fett zu nennenden Körperbau wesentlich älter. Dieser Eindruck wurde durch das strähnige, ungepflegt aussehende Haar noch verstärkt. Den I-Punkt in Richtung verlotterter Gestalt bildeten zwei große Zahnlücken im vorderen Bereich seines Gebisses. Der gelernte Fleischer hatte kurz vor der Wende als Anlagenfahrer in der C-V-Anlage angefangen zu arbeiten, weil er dadurch fast doppelt so viel verdienen konnte, als in seinem erlernten Beruf. Seine Intelligenz und schnelle

Auffassungsgabe hatten ihm trotz seiner nicht gerade anziehenden Erscheinung schnell die Anerkennung seiner Kollegen eingebracht bis, ja bis er die ersten Male zu spät und manchmal gar nicht zur Arbeit kam. Seine Nebenbeschäftigung oder wie es im Volksmund heißt ‚fuschen gehen', war bei allen handwerklichen Berufen, auch in der DDR, üblich. Die meisten hatten sich diese Tätigkeit, wie es vorgeschrieben war, genehmigen lassen und hielten sich an die Vereinbarung, dass die Arbeit als Anlagenfahrer vorgeht. Tiehe wollte sich da nicht festlegen und außerdem sollte davon eigentlich niemand etwas wissen, weil bei so einem Schlachtfest natürlich auch ordentlich getrunken wurde und darauf wollte er nicht verzichten.

So war es auch dieses Mal. Tiehe hatte verschlafen, weil er nach dem Schlachten zu viel getrunken hatte. Im Unterschied zu dem, inzwischen nicht mehr in der C-Schicht und überhaupt nicht mehr in LUNA arbeitenden, notorische Fehlschichten machenden Rüdiger Bötel, rief Tiehe aus der nächsten Telefonzelle in der Messwarte an, nachdem er erwacht und sich auf den Weg nach LUNA gemacht hatte. Eigentlich hätte er jetzt auch zu Hause bleiben können, denn inzwischen hatte sein Schichtleiter natürlich schon einen anderen Kollegen aus der Freischicht nach LUNA geholt, damit Bauer endlich nach Hause fahren konnte.

Bötel hat das fast immer so gemacht, ohne die leiseste Spur für eine Besserung erkennen zu lassen, während Tiehe schon wusste, dass sein Handeln falsch war und nicht lange gut gehen konnte, aber es passierte trotzdem immer wieder.

Heute traf er also gegen 9 Uhr in der Anlage ein. Seine Alkoholfahne war immer noch beachtlich, aber er wusste das gut zu verbergen.

Der Anlagenleiter Dr. Prost hatte zufällig erfahren, dass Tiehe zu Schichtbeginn nicht anwesend gewesen war, hielt sich aber mit einer Äußerung vorerst zurück, obwohl ihm natürlich auch der schnell schwitzende, etwas lotterige Anlagenfahrer bereits früher aufgefallen war.

Um 10 Uhr betrat Prost die Messwarte, in der fast die gesamte C-Schicht versammelt war. Offensichtlich wollte Walter mit zwei Kollegen zur Maskenprüfung fahren und gab Anweisungen für die zurückbleibende Mannschaft.

Prost stellte sich dazu und fragte, nachdem Walter seine Rede beendet hatte, „wer ist dein Vertreter, wenn du nicht da bist, Ulf?"

Walter sah seinen Chef mit großen Augen an und schwieg.

„Dachte ich es mir doch", fuhr Prost fort, „ich habe dir schon sehr oft gesagt, dass du deine Vertretung regeln musst und das immer, Ulf. Es ist eigentlich fast egal wer das ist, aber du musst das festlegen, verstehst du mich?"

„Ja, Thomas", sagte Walter kleinmütig.

„Also, wer ist heute dein Vertreter?"

Nach kurzer Pause sagte Walter, „Tiehe."

Sofort herrschte absolute Stille in der Messwarte.

Der aus der Freischicht in den Betrieb kommandierte Hossa schwieg nur, weil er rechtzeitig Prosts

Kopfschütteln gesehen hatte. Er schloss seinen schon zum lautstarken Protest geöffneten Mund.

Energisch schnappte Prost Ulf am Arm, zog ihn aus der Messwarte in den leeren Aufenthaltsraum und sagte mit ruhiger, aber eindringlicher Stimme, „so geht das nicht! Das kannst du nicht machen. Du musst dir das vorher überlegen, Ulf."

„Stimmt, ich habe einen Fehler gemacht. Du hast mir das oft genug gesagt, aber seit Erwin Keck nicht mehr da ist, kann ich mich immer nicht entscheiden." Er dachte nach und nach kurzer Pause sagte er entschlossen, „Timm Dachs."

„Okay, Ulf. Wisst ihr eigentlich schon wer aus eure Schicht freigesetzt werden kann? Du weißt, wir kommen jetzt nach dem Anfahren um begrenzte Freisetzungen nicht mehr herum, zumindest für die nächsten 3-4 Jahre, ehe die Erweiterung fertig gebaut ist."

Walter sah Prost an, sagte, „Tiehe" und schwieg.

Am liebsten hätte Prost laut losgelacht, aber er beherrschte sich und fragte ruhig, „hast du das mit deinen Kollegen beraten?"

„Ja, da sind wir uns schon lange einig."

Jetzt hielt sich Prost nicht mehr zurück und lachte laut los. Er konnte sich kaum beruhigen. Das Lachen hatte die Anlagefahrer ermutigt jetzt doch wieder in ihren Aufenthaltsraum zu gehen.

Prost drückte sich, immer noch lachend, an ihnen vorbei, raus aus dem Raum und ging, immer wieder kurz auflachend, die Treppen zu seinem Büro hinauf.

❖

17. Dezember 2001

Als Kupfer schwieg, platzte Julia sofort heraus, „das verstehe ich überhaupt nicht, wie kann ihnen denn so etwas passieren Herr Walter?"

Bevor der etwas sagen konnte, ergriff Kupfer wieder das Wort. „Unser Ulf ist ein Tüftler, ein Mensch der den physikalischen, chemischen Dingen bis auf den Grund gehen kann, der nichts im Unklaren lassen will, der voraus denkt und deshalb ein ausgezeichneter Experte der C-V-Herstellung ist. Dass er im Umgang mit Menschen genauso gründlich, genauso tiefsinnig und, um sie gut zu leiten, klar und offen sein muss, musste er erst lernen. Jetzt kann er auch das und ist ein ausgezeichneter Schichtleiter geworden."

Soviel Lob aus Kupfers Mund war ungewöhnlich. Es traute sich auch keiner mehr etwas zu sagen.

Kupfer war über seine Worte selbst überrascht, weil das gar nicht typisch für ihn war. Doch zurücknehmen konnte und wollte er es nicht mehr. „Übrigens, um noch einmal auf die Geschichte von der Kälteaktion zurückzukommen", wechselte er schnell das Thema, „der Chef und ich sind damals bis Mittag in der Fabrik geblieben bis auch noch die DC angefahren und die gesamte Anlage auf 80 % Last eingefahren war. Prost hatte dann auch noch eine abenteuerliche Heimfahrt, weil es gegen Morgen dieses Tages kräftig geschneit hatte."

„Was ist ihm denn passiert?", fragte Jens Sattmann interessiert. Er war, neben Dachs, einer der vier Schichtschlosser, die Prost von Sänger übernommen hatte und die sich als Anlagenfahrer durch-

112

gesetzt hatten. Der superschlanke, sportlich wirkende mittelgroße Mann konnte ordentlich zupacken und er kannte sich ausgezeichnet in der Anlage aus. Das hatte er sich schon vor dem Anfahrprozess angeeignet, als er jede Stunde seiner Arbeitszeit genutzt hatte, mit den Zeichnungen in der Hand, sämtlichen Rohrleitungen nachzuspüren und sie gleichzeitig zu kontrollieren. Sattmann fühlte sich wohl in dem Betreiberteam der C-V-Anlage. Der fast 40-Jährige Jens empfand Prost wie einen Vater, der schützend seine Hand über alle hielt.

Sattmann äußerte grinsend seine Vermutung. „Ist er etwa mit seinem Mossi im Schnee stecken geblieben?"

Allgemeines Lachen durchzog die Messwarte, denn jeder hatte schon von Prosts Moskwitsch aus DDR-Zeiten gehört, dessen Karosserie nur dank der Technik der betriebseigenen Kunststoffwerkstatt zusammengehalten wurde.

„Nein, mit dem wäre er ja nicht stecken geblieben", fuhr Kupfer grinsend fort, „Thomas hat mir die Heimfahrt mit seinem VW Golf II so geschildert.

Holleben, Mittwoch 24. Dezember 1996

Als ich gegen halb eins auf die Strecke nach Halle-Neustadt einbog, war da natürlich schon Stau. Es ging nur sehr schleppend vorwärts.

Ich glaubte besonders pfiffig zu sein und bog in Holleben auf eine Nebenstraße ab, die einspurig nach Teutschenthal führte. Schon ein paar Minuten später war mir klar, dass diese Ausweichmanöver in einer Sackgasse enden würde, wenn mir ein Fahrzeug entgegenkommen würde. In dem tiefen Schnee gab es nur eine befahrbare Spur. Ausweichen bedeutete, dass einer von beiden in die geschlossene Schneedecke fahren müsste und da würde derjenige unweigerlich stecken bleiben.

Genau auf der Hälfte der Strecke, ich sah es schon von Weitem, stand auf der Spur ein Auto, das offensichtlich bereits stecken geblieben war.

Sollte ich wieder zurückfahren?

Aber Wenden war nicht möglich, also rückwärtsfahren?

Wenn dann aber von da ein Auto kam?

Also entschloss ich mich mit Schwung um das stehende Auto herumzufahren und - blieb prompt im Schnee stecken. Ich steig aus, hob meine Hand zum Gruß des Leidensgenossen, der schief grinsend zurückgrüßte. Von Weitem sahen wir ein weiteres Fahrzeug kommen, das natürlich ebenso keine Chance haben würde, an uns vorbeizufahren.

Es sah nicht gut aus für uns.

Den Heiligen Abend auf dem freien Felde zubringen?

Oder circa zwei Kilometer durch 15 cm hohen Schnee zu Fuß zum Ort zurückzustapfen, um Hilfe zu holen?

Und wer sollte einem an so einem Tag helfen?

So ähnlich muss der Mann im anderen Auto auch gedacht haben.

Bevor wir uns entscheiden konnten, sahen wir beide zu dem sich langsam nähernden Gefährt und - wir trauten unseren Augen nicht - was uns da entgegen kam war - ein Traktor!

Ich bin diese Strecke schon hundertmal gefahren und habe noch nie eine Zugmaschine getroffen.

Der Fahrer sprang von seinem Sitz, kam mit einem Strick auf mein Auto zu und drückte mir mit den Worten, „mach das mal irgendwo fest", das Seil in die Hand, stieg wieder auf sein Fahrzeug, wartete, bis ich das Band befestigt hatte und zog mein Auto aus dem tiefen Schnee wieder zurück auf die Spur.

Ich löste das Seil, brachte es dem freundlichen Menschen, wollte gerade zu einer Dankesrede ansetzen, doch er kam mir zuvor, „mach dich nach Hause und Frohe Weihnachten."

Er fuhr um mein Auto herum, ich konnte noch im Rückspiegel sehen, wie der andere Autofahrer das Seil an seinem Fahrzeug befestigte, dann konzentrierte ich mich wieder auf den Weg.

Nach zehn Minuten hatte ich es geschafft, ich befand mich wieder auf einer zweispurigen Straße und weitere zehn Minuten später traf ich zu Hause ein.

Das gerade erlebte kam mir wie ein Traum vor.

Hatte ich vielleicht nur geträumt?"

17. Dezember 2001

„Das hört sich ja an wie eine amerikanische Weihnachtsschnulze", Timm sah zweifelnd zu Harry Kupfer, „obwohl, mit uns als Teil dieser Geschichte ist es sozialistischer Realismus mit Hollywood Happy End."

„Das trifft es besser, als du vielleicht glaubst", Kupfer zeigte mit dem Finger auf Dachs, „denn die Kameradschaft, das Gefühl der Zusammengehörigkeit ist zu DDR-Zeiten gewachsen. Ihr merkt es ja

selber, wie wenig davon in dieser Gesellschaft übrig-
bleibt."

Aus den Lautsprechern der Rufanlage tönte eine
fremde Stimme: „Ab sofort wird wieder Dampf in
beide Netze eingespeist. Die Störung der Dampfver-
sorgung konnte geklärt und beendet werden."

Jens Sattmann stand auf, nahm seinen Helm, doch
bevor er die Messwarte verließ sagte er anknüpfend
an Harrys letzte Worte, „umso wichtiger ist es, dass
wir solche Geschichten in Erinnerung behalten. Am
besten wäre es, wenn darüber jemand ein Buch
schreiben würde. - Ich gehe schon raus, sagt Bescheid, wenn der Baueingangsschieber wieder aufge-
dreht werden kann." Jens verließ die Messwarte.

Kupfer stand auch auf. „Da hat er zweifellos recht
und ich wüsste auch, wer das Buch schreiben könnte.
Aber jetzt fahre ich erst einmal wieder nach Hause. -
Und tschüss."

Ehe sich die anderen besonnen hatten zu fragen,
wer das denn sein könnte, war Harry schon verschwunden. Doch die Operator dachten darüber
nicht lange nach, denn ihre ganze Aufmerksamkeit
richteten sie nun wieder auf ihre Arbeit. Die Direktchlorierung musste angefahren und die gesamte Anlage, entsprechend der sich stabilisierenden Dampf-
versorgung, neu eingefahren werden.

Max Balladu - Die Datsche

V-Fabrik, Montag 29. April 2002

Als Stefan Schubert die Anlage von der C-Schicht übernahm, machte ihn Ulf Walter auf die erhöhten Wasserwerte im Rückfluss der HS-Kolonne aufmerksam. Allerdings wurden die nur mit dem inoffiziellen Gerät EL-HY gemessen. Diese Wunderwaffe, wie sie Prost bezeichnete, war ein, nach einem anderen Prinzip funktionierendes, aber ebenfalls kontinuierlich arbeitendes Gerät zur Bestimmung des Wasseranteils im C. Dieses Gerät war offiziell nicht zugelassenes, da die Techniker an der Richtigkeit der Größenordnung der Werte zweifelten.

Im Labor stand zu Testzwecken ein ähnlicher Apparat dieses Typs mit dem einzelne Proben zum Vergleich gemessen werden konnten.

Bei Störungen hatte Prost bisher feststellen können, dass das EL-HY-Gerät als Erstes die erhöhten Wasserwerte anzeigte. Außerdem war es eigentlich bei Störungen egal, ob nun 5, 10 oder 20 ppm angezeigt wurden. Wichtig war dann immer nur die Tendenz.

Prost hatte die Techniker davon überzeugt, dieses Gerät parallel zu der offiziellen Apparatur für die Messung des Wassergehaltes im Rückfluss der HS-Kolonne einzusetzen. Diese Stelle war eindeutig die wichtigste im gesamten Prozess, an der die Größe der Konzentration von Wasser im C die besten Schlussfolgerungen gestattete und, das Wichtigste war, dass unbedingt verhindert werden musste, dass C mit zu hohen Wasserwerten in die Spaltung gelangte.

Seit 4 Uhr war der Wert dieses inoffiziellen automatischen Analysengerätes leicht angestiegen. Die Laboranalysen ergaben noch keine aussagekräftigen Ergebnisse. Es konnte sein, dass sich der Defekt eines Kondensators, Abgaskühlers oder Umlaufverdampfers andeutete. Möglich war auch, dass eine leichte Undichtigkeit im Vakuumsystem vorlag.

Es war Sonntag und die D-Schicht war auf sich allein gestellt. Der Schichtleiter Stefan Schubert musste bezüglich der erhöhten Wasserwerte keine Anweisungen erteilen. Eva verfolgte die Tendenz der automatischen Geräte in der Messwarte - natürlich besonders das inoffizielle - während Günther zusätzliche Proben in der Anlage zog, um die Ursache für die ansteigenden Wasserwerte einzukreisen.

Schubert stellte sich neben die Leitstation der Paulus. „Eva, wenn der Wassergehalt im C schneller ansteigt oder ihr bei den Laboranalysen ein Ergebnis habt, dann sag mir bitte Bescheid. Ich mache meine Runde in der Anlage."

„Okay, Stefan, wann wollen wir Thomas Prost verständigen?"

Schubert überlegte, noch war der Effekt ja sehr vage. „Ich denke, wir warten noch eine Stunde, oder, was meinst du, Eva?"

„Prost ist zwar bestimmt schon aufgestanden, aber ich denke, du hast recht. Wir warten noch."

Der Schichtleiter verließ die Messwarte.

Fast gleichzeitig klingelte eins der beiden Telefone.

Jonny nahm den Hörer ab. „Messwarte C-V, Adler."

„Guten Morgen Jonny, was macht unsere Anlage?"

„Hallo Chef - ehm - Doc. Eigentlich ist alles in Ordnung."

„Aber?"

„Na ja, es gibt etwas erhöhte Wasserwerte an der HS-Kolonne. Bisher konnte das Labor den Effekt aber noch nicht bestätigen."

„Welches Gerät zeigt an und um wie viel ist der Wert denn angestiegen?"

„Warte mal, Thomas, ich reiche dich weiter an Eva. Sie beobachtet die Tendenz schon seit Schichtbeginn."

„Okay, gib sie mir. Wir sehen uns ja nachher noch."

Jonny reichte Eva den Hörer.

„Hallo Doktor, ich habe gerade mit Stefan überlegt, ob wir dich anrufen sollten."

„Morgen Eva, warum habt ihr nicht?"

„Der Anstieg der Anzeige des Messgerätes - nur des speziellen - ist noch sehr gering und heute ist doch Sonntag."

„Schon gut. Ist es ein kontinuierlicher Anstieg?"

Die Paulus rief die Grafik erneut mit einer größeren Zeitachse auf. „Bis 4 Uhr liegt der Wert konstant bei 2,5 ppm. Bis jetzt, 6:17 Uhr, ist der Wassergehalt auf 5 ppm kontinuierlich angestiegen. Günther ist draußen und holt gerade neue Proben von HS- und Vakuumkolonne. Vielleicht ist das auch nur eine Fehlmessung. Die anderen, offiziellen Messgeräte zeigen keinen Anstieg, weder das im Rückfluss der HS-Kolonne noch das im Feed-C." Evas Stimme war anzuhören, dass sie starke Zweifel an der Anzeige hegte.

„Wir haben für die HS-Kolonne keinen Reserveumlaufverdampfer, wenn wir den rausnehmen müssen, fällt die Standregelung aus. Wisst ihr, was ihr dann machen müsst?", fragte Prost.

„Du denkst der ULV ist defekt?"

„Die Art des Wasseranstiegs spricht dafür. Wir sollten gerüstet sein, falls sich das bestätigen sollte."

„Könnte es nicht genauso gut der ULV der Vakuumkolonne, ein Kondensator oder Abgaskühler sein?", fragte Eva immer noch sehr skeptisch.

„Nein, Kondensator, Abgaskühler oder Umlaufverdampfer der Vakuumkolonne hätten sofort erhöhte Wasserwerte in diesem System gebracht und das wäre dann auch durch die Laboranalyse festgestellt worden. Der Abgaskühler der HS-Kolonne würde sofort einen höheren Anstieg auch des offiziellen Gerätes im Rückfluss bewirken. Also bleibt nur der mit Dampf betriebene Umlaufverdampfer der HS-Kolonne."

„Das kling ziemlich einleuchtend." Eva wartete einen Moment bevor sie fortfuhr, „was die Regelung anbetrifft. - Wir müssten analog zur LS-Kolonne den Sumpfstand mit der Rückflussmenge regeln können?"

„Genau, ich wollte ja sowieso reinkommen. Ich bin in einer halben Stunde da. Bis gleich."

„Okay, fahre langsam. Wir brauchen dich noch." Die Paulus gab den Hörer an Jonny zurück.

Noch bevor der Operator das Mobilteil auf die Ladeschale legen konnte, klingelte das Telefon erneut.

Adler drückte aufs Knöpfchen, hielt den Hörer ans Ohr und hörte sofort Prosts Stimme, „entschuldige, Eva ..."

„... Jonny, hier ist schon wieder Jonny."

„Ach so, Jonny, ich habe noch etwas vergessen. Lasst doch die Probe vom Rückfluss der Vakuumkolonne auch mit dem EL-HY-Gerät im Labor analysieren."

„Gut, ich rufe Helga gleich an."

„Danke, was man nicht im Kopf hat ..."

Adler drückte wieder auf den Knopf des Mobilteiles und wählte die Nummer vom Labor.

Eine piepsige Stimme meldete sich, „V-Labor, Madame Pompadour, was kann ich für sie tun?"

„Pompa - was?" Adler war nur eine Sekunde unsicher, dann sagte er amüsiert, „Balla, an dir ist ein Hofschauspieler verloren gegangen."

Es säuselte weiter im Hörer, „sieh an, sieh an, der junge Mann, weiß scheinbar four, wer ist Pompadou..."

„... hier spricht jetzt Helga Rau. - Hau ab Balla! - Was gibt's Jonny?"

Nach Ballas Gesäusel klang Helgas Stimme, wie die Fanfaren des Jüngsten Gerichts.

„Kannst du Hellsehen? Woher weißt du, dass ich am Telefon bin?"

Helga lachte laut. „Hellsehen, kein Problem. Wie viel junge Männer haben wir in unserer Schicht? Außerdem kann ich dir sagen, was du willst, Jonny." Die

Rau wartete einen Moment, aber weil Adler schwieg, fuhr sie fort, „beantworte mir nur eine Frage: Hat Prost angerufen?"

„Ja, woher weißt du?"

„Das wusste ich nicht, deshalb habe ich ja gefragt. Jetzt sage ich dir, dass er zu euch gesagt hat, dass ich alle Analysen auch mit den EL-HY-Gerät machen soll, stimmt's?"

Im Hintergrund hörte Jonny Madame Pompadour alias Emil Balla, in den höchsten Tönen piepsen. „Ja, sie ist es, meine Hellseherin, die mir prophezeit hat, dass ich Königsmätresse werde, oh oh..."

„Hossa, schnapp dir den Balla und haut ab", rief Helga Rau in den Laborraum hinein in Richtung der beiden Anlagenfahrer und wieder zu Jonny ins Telefon sagte sie, „ich melde mich, sobald ich die Ergebnisse habe. Natürlich auch die mit dem Wundergerät. Alles klar?" Sie wartete keine Antwort mehr ab, sondern legte gleich auf.

„Was ist Jonny?" Eva hatte sich Adler zugewandt, „du siehst aus, als wäre dir ein Gespenst begegnet."

„So komme ich mir auch vor. Die Faxen von E-mil kenne ich ja nun schon zur Genüge, aber woher konnte Helga wissen, was Prost am Telefon gesagt hat?"

„Das ist eine etwas längere Geschichte. Bevor sie als Laborantin zur neuen V-Anlage gekommen ist, war sie einige Jahre Anlagenfahrerin in der alten V-Fabrik. Weil im Labor jemand ausfiel, ist sie eingesprungen und hat gleich eine zusätzliche Ausbildung zur Laborantin mitgemacht. In der Sturm und Drang Zeit der V-Anlage in den 80-er Jahren ist sie wie ein

Wirbelwind zwischen Labor und Messwarte hin und her gerannt und trompetete die aus der Norm fallenden Analysen so in den Raum, dass sie niemand übersehen oder besser überhören konnte. Prost war begeistert von diesem Engagement. Die Rau ihrerseits war beeindruckt von der freundlichen, kollegialen und ehrlichen Art dieses Doktors, der sie nicht nur wie seinesgleichen, sondern wie etwas ganz Besonderes behandelte. Wenn es damals zu Wassereinbrüchen kam, und das war leider oft der Fall, hat Prost oft selbst Proben gezogen und wenn Helga Schicht hatte, stand sie schon in der Labortür und riss ihm fast die Flasche aus der Hand. So wie die Analyse fertig war und sie gleich selbst erkannte, dass das Ergebnis gravierend war, rannte sie runter in die Messwarte und überbrachte Prost persönlich die Kunde. Sie hatte schnell gemerkt, wie dieser in solchen Situationen vorging und dass er, wenn möglich, immer eine zweite Probe von einer alternativen Stelle holen ließ. Du verstehst, Jonny, warum es für sie ein Leichtes war zu erkennen, was Prost wollte? Durch Hossa und Balla war sie ja bereits auf ein vorliegendes Wasserproblem aufmerksam gemacht worden."

„Das leuchtet ein." Jonny nickte mit dem Kopf.

Die Messwartentür ging auf. Ohne ein Wort kam Helga Rau herein, ging auf Eva zu und sagte mit ihrer leisesten Stimme, die trotzdem den ganzen Raum erfüllte, „ich verstehe das nicht. Mit EL-HY messe ich 120 ppm Wasser im Rückfluss der Vakuumkolonne, aber alle anderen Messungen mit den Standardgeräten sind < 5 ppm. Da stimmt etwas ganz und gar nicht, aber was?"

Hossa und Balla waren kurz nach der Rau in die Messwarte gekommen und hatten sich hinter sie gestellt. „Das kriegen wir schnell raus", sagte Günther und Emil ergänzte, „wir stellen die Ausschleusung aus dem Rückfluss weg von der HS-Kolonne und auf das Trocknungssystem."

Die Paulus nickte, die beiden verschwanden und sie sah wieder auf die Anzeige auf dem Bildschirm. „Jetzt bin ich aber gespannt, wie das automatische EL-HY-Gerät reagiert."

Es war kurz vor 7 Uhr.

Eva überlegte, ‚Prost würde gleich hier sein. Angenommen die Analyse mit den 120 ppm stimmt. Das bedeutete eindeutig, dass der erhöhte Wasserwert nur vom Vakuumkolonnensystem kommen konnte. Für eine Undichtheit, wodurch Luftfeuchtigkeit in das System eindringen könnte, wäre dieser Wert zu hoch gewesen, für einen Defekt am Kondensator zu gering. Blieb eigentlich nur der mit Kühlsole betriebene Abgaskühler oder der Umlaufverdampfer.'

Die Frau wurde durch das Eintreffen von Prost aus ihren Überlegungen gerissen. Sie wartete geduldig, bis der Betriebsleiter alle anderen Kollegen begrüßt hatte, ehe er auf sie zukam. „Hallo Thomas."

„Guten Morgen Eva, was gibt es Neues?"

Die Paulus erstattete einen kurzen zusammenfassenden Bericht.

„Also doch nicht der Umlaufverdampfer der HS-Kolonne, sondern der Abgaskühler der Vakuumkolonne." Prost sagte das als Feststellung.

„Meinst du nicht, dass es auch der ULV der Vakuumkolonne sein könnte?", sagte die Paulus zweifelnd.

„Nein, das hatten wir schon einmal und damals wurde dieser Defekt eindeutig mit den Standardmessgeräten erfasst. Das wäre heute also wieder so gewesen", konstatierte Prost mit Bestimmtheit. „Trotzdem sollten wir sehen, wo wir am besten eine Sonderprobe ziehen können, um zu beweisen, dass es tatsächlich der Abgaskühler ist. Ich gehe raus und sehe mich vor Ort um."

Prost ging zur Tür, er musste sich ja erst noch umziehen. Eva rief ihm hinterher, „ich sage Günther und Emil Bescheid, dass du zur Vakuumkolonne gehst."

„Okay, sie sollen Probeflaschen mitbringen."

In seinem Büro zog Thomas seine Arbeitsschuhe und die unvermeidliche blaue Arbeitsjacke an, setzte den Helm auf und ging in die Anlage. Er schritt zielgerichtet zum Fuß der Vakuumkolonne, weil sich da der tiefste Punkt des Siphons befand, über den das im Solekühler kondensierte Abgas in den Rückflussbehälter und damit zurück in den Destillationskreislauf lief. Der Siphon sorgte mit dieser Flüssigkeitssäule für einen Druckausgleich zwischen Innenraum der Kolonne und der Atmosphäre. Dadurch wird verhindert, dass das Vakuum der Kolonne über das Abgassystem nach außen verloren geht.

„Hallo Doc," der Operator zeigte auf einen Stutzen, an dem er den Blinddeckel schon gelöst hatte, „ist dir dieser Stutzen recht?"

„Hallo Emil," Prost drückte die ihm hingestreckte Hand, „der ist schon recht, aber da wird nichts rauskommen."

Balla zeigte nur nach oben. Von der Sechsmeterbühne winkte Hossa ihm mit einer Blindscheibe zu. Machte dann eine Geste, als wolle er die Steckscheibe in die Rohrleitung schieben.

Prost winkte ihm zu. „Alles klar."

Es war notwendig den Siphon für den Moment der Probenahme abzustecken, weil hier kein Ventil existierte, und ohne eine Absperrung wäre beim Öffnen des Stutzens keine Flüssigkeit ausgetreten, dafür die Luft eingesaugt worden. Die zwei Füchse hatten das natürlich sofort bedacht.

Hossa brauchte eine Minute. „Ihr könnt."

Balla löste vorsichtig die letzte Schraube des Blinddeckels und als es zu tropfen begann hielt Prost die Flasche darunter und fing das C auf.

„Das reicht, kannst die Schrauben wieder anziehen."

Nach zehn Sekunden hob Emil den Arm. Günther sah das Zeichen und zog schnell wieder die Steckscheibe.

„Ihr seid unbezahlbar." Prost klopfte Balla auf die Schulter.

Der sah ihn entgeistert an. „Müssen wir uns jetzt Sorgen um unseren Job machen?"

„Warum Emil? Das weiß ja nur ich." Prost amüsierte sich über die Grimasse seines Kollegen.

Natürlich wäre eine solche Probenahme ungeeignet, um kleine Leckagen zu finden. Aber bei Wasserkonzentrationen von über 50 ppm konnte man so vorgehen.

‚Vielleicht', überlegte Prost auf dem Weg zum Labor, ‚könnte Helga auch noch eine gaschromatografische Prüfung der Probe vornehmen und so den Glykolgehalt nachweisen.'

Die Sole zur Kühlung beziehungsweise Kondensation der Abgase bestand zu drei Vierteln aus Wasser und zu einem Viertel aus Glykol.

Im Labor wurde er schon erwartet.

„Mensch Thomas, du musst mir doch nicht immer etwas mitbringen, wenn du mich besuchen kommst", schmetterte Helga ihm entgegen und riss ihm förmlich die Flasche aus der Hand.

„Doch, muss ich, dann hast du zu tun und dein Redefluss ist etwas begrenzter."

„Das empfinde ich fast als Beleidigung, als wenn ich bei der Arbeit nicht reden könnte."

Aber dann schwieg sie doch und war nur noch mit ihren Geräten beschäftigt.

„Sag mal Helga, kannst du von der Probe auch eine gaschromatografische Analyse machen?"

„Kein Problem Thomas, aber was willst du finden?"

„Neben Wasser könnte sich auch Glykol im C befinden. Das müsste doch mit dem GC nachzuweisen sein?"

„Nachweisen ja, quantifizieren nein. Der GC ist nicht geeicht für Glykol, weil diese Komponente sonst ja nie gemessen werden muss."

„Schade", Prost war enttäuscht.

Das gefiel der Rau gar nicht. „Doktor, du kennst doch sicher den Siedepunkt von Glykol?"

„Na klar, 197,4 °C."

„Dann haben wir ein Chance den Piek im Diagramm zu identifizieren", sagte Helga schwungvoll. „Aber wir wissen natürlich nicht die Größenordnung!"

„Die Größe des Wertes ist unwichtig. Ich will nur wissen, ob Glykol in der Probe ist oder nicht."

„Okay, das kriegen wir hin." Helga zeigte auf die Anzeige der laufenden Wassermessung mit dem EL-HY-Gerät „schon über 1000 ppm. Ich verstehe nur nicht, warum ich das nicht auch mit der normalen Analyse feststellen kann."

Prost hob die Probeflasche an und hielt sie gegen das Licht. „Siehst du diese Braunfärbung? Ich nehme an, dass das Eisen ist und das könnte die Standardmessung verfälschen."

„Das wäre möglich." Helga war bereits dabei, die ersten Schritte für die GC-Analyse einzuleiten.

„Ich gehe wieder in die Messwarte", Prost legte ihr die Hand auf die Schulter, „ruf mich an, wenn du ein Ergebnis hast."

Im Kontrollraum empfing Eva ihn gleich mit der freudigen Feststellung, „die Kurve schwenkt ein. Sieh hier, Thomas", und sie deutete mit dem Stift auf den tatsächlich klar zu sehenden Wendepunkt in der Grafik für den Wassergehalt im C.

Inzwischen war Stefan wieder in die Messwarte zurückgekommen und hatte sich von Eva über den Stand informieren lassen. Er wandte jetzt an Prost,

„soll ich die Ausbindung des Abgaskühlers schon vorbereiten?"

„Das ist eine gute Idee, Stefan. Dann können wir gleich loslegen, wenn wir die endgültige Bestätigung haben. Ich gehe solange in mein Büro."

Prost wandte sich der Tür zu, doch Eva hielt ihn zurück. „Um 9 Uhr gibt es ein kleines Frühstück in der Messwarte, du bist natürlich eingeladen."

„Danke, ich komme gern."

Als Prost gegangen war, rollte Adler mit seinem Stuhl etwas dichter zu Eva. „Günther und Emil lassen immer solche Bemerkungen fallen wie ‚der Tank, den PLAST neulich geschrumpft hat, ist noch größer als Prosts Datsche' oder ‚damals hätte der Doktor seine Datsche gebrauchen können, so oft, wie der in der Anlage geschlafen hat'. Das verstehe ich nicht. Soviel ich weiß besaß Prost doch nie einen Garten. Dafür hat er doch gar kein Interesse?"

Die Paulus sah Jonny lächelnd an. „Das frage ihn mal nachher selber. Heute sind keine Azubis da, dann erzählt er vielleicht diese Story. Sie ist nicht ganz jugend- oder richtiger formuliert azubi-frei, weil - das Gegenteil von Vorbild. - Du verstehst?"

„Etwa eine Sexgeschichte?", fragte Jonny ratselnd.

„Ganz und gar nicht. Außerdem hätten dabei doch die jungen Leute nicht gestört. Frag ihn. Wenn er erzählt, wirst du es verstehen."

„Mal sehen, im Moment verstehe ich noch weniger." Adler runzelte die Stirn und rollte mit seinem Stuhl wieder zurück zu seiner Prozessleitstation.

Kurz vor 9 Uhr klingelte Prosts Telefon.

Die Rau war am Apparat. „Die GC-Analyse ist fertig. Ich bringe das Diagramm gleich mit in die Messwarte."

„Mach es nicht so spannend Helga. Ist in der Probe nun Glykol oder nicht?"

„Genau da, wo entsprechend dem von dir genannten Siedepunkt ein Piek auftauchen sollte …" Die Laborantin machte eine Kunstpause, wohl um Prost auf die Folter zu spannen. „… ist tatsächlich einer gekommen. Ich kann nicht sagen wie viel das ist, aber auf alle Fälle handelt es sich um eine deutliche Menge."

„Das reicht mir, danke Helga, du hast dich wieder einmal selbst übertroffen."

Die Frau murmelte noch, „danke, Blumen wären mir lieber", und legte auf.

Als Prost danach wieder in die Messwarte kam, saßen schon alle sieben Anlagenfahrer, der Schichtleiter Stefan Schubert und natürlich Helga Rau an dem kleinen, schlicht gedeckten Tisch. Darauf befanden sich zwei Thermoskannen mit Kaffee, zwei große Teller mit Hackepeter, zwei kleine Tellerchen mit Zwiebeln, frische Brötchen und ein kleiner Teller mit Salamischeiben für die, die Hackepeter nicht mochten.

Jeder hatte seine eigene Kaffeetasse mitgebracht.

Sie schenkten sich gegenseitig Getränke ein, schmierten Gehacktes auf ihre Brötchen, tunkten diese mit der Oberseite in die Zwiebeln und ließen es sich schmecken.

Hossa wandte sich an Prost. „Hast du schon gesehen Doktor, der neue Rückstandstank wird kleiner, als deine Datsche. Ich schätze so 150 Kubikmeter."

„Ja. Leider. Das ist nur noch die Hälfte. Da hat man wohl sparen wollen oder müssen."

Das war für Jonny das Stichwort. „Wieso deine Datsche Doc? Ich dachte, dass du gar keinen Garten besitzt."

„Hat er ja auch nicht", übernahm Balla die Antwort, „und die Datsche ist inzwischen verschrottet worden. Aber sie war immerhin 300 Kubikmeter groß."

Die älteren Kollegen lachten, während die jüngeren verständnislos zu Balla und dann zu Prost sahen.

„Jetzt musst du wohl die Story erzählen, Thomas", sagte Eva immer noch lachend.

„Aber die meisten kennen die Geschichte", wehrte Prost ab.

„Das macht doch nichts." Ließ sich nun Helga vernehmen, „unseren Kindern erzählen wir auch immer wieder dieselben lustigen Geschichten aus ihrer Kindheit. Hast du schon mal erlebt, dass die dagegen protestiert hätten?"

„Das ist ein gutes Argument. - Gleich vorweg: Ich schäme mich für mein damaliges Verhalten. - Es war im Spätsommer 1980."

V-Fabrik, Dienstag 2. September 1980

In der C-V-Anlage ging es wieder einmal drunter und drüber.

In der Tagschicht so gegen 13 Uhr stellte Werner Stock, dank besonderen Aufmerksamkeit, eine kleine

Undichtheit in der rot glühenden Spaltschlange fest. Das aus dem Haarriss austretende C-V-HCl-Gemisch brannte natürlich sofort, aber mit so kleiner Flamme, dass sie nur ein geübtes Auge entdecken konnte. Stock informierte seinen Abschnittsleiter Dr. Fritz John und der rief sofort den Technikingenieur Bernd Sänger an.

Der drahtige, alle Wege mit seinem Fahrrad erledigende Fritz John hatte in Halle an der Universität Chemie studiert und auch dort promoviert. Der zu diesem Zeitpunkt 39 Jahre alte Mann mit dem kecken kleinen Schnauzbärtchen war groß und schlank. Er hatte mit seiner behinderten Tochter, ein großes persönliches Handicap zu tragen. Kaum jemand im Betrieb wusste davon und das sollte auch so bleiben. Der kollegiale Umgang mit den Anlagenfahrern, sein ausgezeichnetes Fachwissen verbunden mit schnellem logischen Denken und klaren, nicht immer bis ins letzte durchdachten Entscheidungen, hatten ihm die Achtung aller Kollegen in der C-V-Anlage eingebracht. Etliche Jahre vor seiner Tätigkeit in der V-Fabrik arbeitete Dr. John in der Forschung. Vielleicht war er deshalb riskanten Handlungen gegenüber aufgeschlossener als andere. Außerdem nahm er es mit Vorschriften auch nicht so genau. Diesbezüglich konnte er sich mit Prost die Hände reichen.

Wenig später trafen sich Sänger, John und Stock am Spaltofen.

„Auf der rechten Seite, das 8. Rohr von unten in etwa drei Metern Entfernung von hier." Während er das sagte, sah Stock durch das Schauglas in den rot glühenden Ofen.

Danach trat John an das Schauglas, drückte mit der rechten Hand die innen liegende Schutzklappe nach oben und versuchte, am beschriebenen Ort, das Flämmchen zu sehen.

„Es tut mir leid, Werner, ich kann nichts sehen." Er ließ die Klappe wieder fallen und trat zurück.

Energisch ging noch einmal Werner an das Schauglas. „Das Flämmchen hat eine orangegelbe Färbung mit einem Hauch hellblau in der Mitte. Es ist eindeutig zu sehen."

„Jetzt lasst mich mal!" Bernd Sänger schob die Ärmel seiner Arbeitsjacke zurück, ging an das Schauglas, öffnete die Klappe und war erst einmal geblendet von dem glühenden Ofen.

Doch nach einigen Sekunden zählte er, „4, 5, 7, 8 und nun drei Meter nach hinten. - Das war zu weit und noch einmal, - ja - jetzt sehe ich die kleine Flamme. Genau, wie du es beschrieben hast, Stock. Sie brennt nach rechts oben. Die Stelle finde ich auch im kalten Zustand wieder."

Beim 2. Versuch sah auch Fritz John das Flämmchen. „Also Werner, abstellen, abkühlen, entleeren."

„Wann seid ihr soweit?", wollte Bernd Sänger wissen. „Ich brauche ja Spezialschweißer für diese Sorte von Stahl, die möchte ich natürlich so schnell wie möglich informieren."

„Es ist jetzt 14:30 Uhr. Sagen wir, morgen früh um 8 Uhr. Vorausgesetzt, dass du uns genügend Schlosser zur Demontage für die Nachtschicht gibst."

„Soll das etwa ein Vorwurf sein?" Bernd Sänger atmete hörbar tief durch. „Ihr habt bisher immer genug Instandhalter bekommen. Doch die standen die meiste Zeit dumm rum, weil sie auf euch warten mussten. So ist das."

„Ist ja gut Bernd, so war das doch nicht gemeint", versuchte Fritz John ihn wieder zu beruhigen.

„Also, morgen um 8 Uhr", maulte Sänger weiter, „ich habe auch noch was anderes zu tun", und verschwand.

„Wir müssen uns beeilen, Werner." John legte seine Hand auf Stocks Schulter. „Die Entleerung wird sicher wieder am längsten dauern, weil die Entspannung des Entleerungsbehälters so viel Zeit in Anspruch nimmt."

„Außerdem ist die Leitung zum Entleeren des Behälters auch viel zu klein", ergänzte Stock die Sorgen seines Abschnittsleiters über den Zeitablauf zur Vorbereitung der notwendigen Reparatur.

„So ist das, Werner, ich werde noch einmal mit Prost diese Probleme besprechen. Leider gehört der Entleerungsbehälter zum Bereich C."

Dieses Entleerungssystem war ein echtes Grenzproblem zwischen den beiden Abschnitten. Die Brisanz lag darin, dass in den Entleerungsbehälter aus dem V-Teil fast immer V und HCl enthaltende C-Reste entleert werden mussten. Natürlich baute sich dementsprechend ein Druck bis zu 5 bar auf. Die Entleerung des Behälters seinerseits erfolgte aber in ein druckloses System, entweder in eine Pumpenvorlage, die sich in der Verbrennung befand oder in den Rückstandstank im C-Tanklager. Während die Vorlage wenigstens noch für einen Druck von 1 bar Überdruck ausgelegt war, musste der Tank für diverse C-

134

Rückstände, analog zu den C-Lagertanks, quasi völlig drucklos betrieben werden. Deshalb sah die Vorschrift für den Umgang mit dem Entleerungsbehälter vor dem Entleeren eine Entspannung auf 2 bar vor. Außerdem musste anschließend geprüft werden, ob sich nicht erneut ein Druck aufbaute. Das war immer dann der Fall, wenn sich etwas mehr V oder insbesondere HCl im Behälter befand. Die C-Anlagenfahrer hielten sich natürlich an diese Vorschrift. Trotzdem wurden sie ständig von ihren Kollegen des anderen Abschnitts unter Druck gesetzt. Diese Entspannungsvorgänge waren in der Tat ein Geduldsspiel und deshalb immer Anlass für Streit.

So, wie die Dinge nun einmal lagen, war von vornherein klar, dass John und Prost nicht unter einen Hut kommen würden, obwohl sich die zwei sonst wunderbar verstanden. Fritz John war aber wild entschlossen am nächsten Tag um 8 Uhr die Anlage der Instandhaltung zur Reparatur zu übergeben und das hieß, die Anlage musste bis dahin komplett entleert sein.

Nach seinem erfolglosen Gespräch mit Prost ging John wieder auf Werner Stock zu. „Kommst du mal mit, Werner, ich will mir den Entleerungsweg noch einmal ansehen."

„Natürlich, ich hätte da auch schon eine Idee, Fritz, wie wir zumindest das Leerdrücken des Behälters beschleunigen könnten."

Der normale Weg des Rückstandes lief über eine 25-er Leitung von der Vakuumkolonne, wo kontinuierlich circa vierhundert Liter pro Stunde anfielen, zum Rückstandstank oder zur Vorlage in der Verbrennung. In dieses Rohr bindet die zur Entleerung des Sammelbehälters vorgesehen Leitung ein. Man hatte sich zwischen den Abschnitten geeinigt, dass der Bereich C nur den Weg von Vakuumkolonne zum Tank nutzt, damit der andere Teil der Leitung ausschließlich für den Entleerungsbehälter zur Verfügung stand. Die Förderung des Rückstandes vom Tank zur Vorlage erfolgte mit einer separaten Pumpe über eine 50-er Leitung. Stock wusste, dass es eine Verbindung zwischen der 25-er und der 50-er Leitung gab.

Diese Stelle zeigte er als erstes Fritz John. „Damit ist es also auch möglich den Behälter über diese größere Leitung zu entleeren."

„Das ist schon nicht schlecht, aber die Vorlage fasst nur sechs Kubikmeter. Besser wäre der Weg zum Tank", sagte John nachdenklich.

„Na dann pass auf Fritz. Lass uns zum Tanklager gehen."

An den beiden Rückstandspumpen, die sich außerhalb der Anlagentasse befanden, in der die drei C-Tanks und der Rückstandstank standen, blieb Stock stehen.

„Wenn wir um diese Pumpen einen Bypass bauen lassen, dann können wir vom Entleerungsbehälter über eine 50-er Leitung direkt in den Rückstandstank drücken." Er zwinkerte John zu, „natürlich müssten wir dieses Leitungsstück immer wieder demontieren, wenn unsere Aktionen gelaufen sind."

„Ja", fügte John nachdenklich hinzu, „die C-Leute dürfen davon natürlich nichts mitbekommen."

Noch am gleichen Tag wurde der Bypass gefertigt und ins Versteck des Abschnitts geschafft.

In dieser Nacht war der Operator der A-Schicht des Abschnittes C, Gerd Hühn, damit beschäftigt die Grube 1 abzupumpen. Die Pumpe riss, wie leider nur allzu oft, ständig ab und er versuchte beharrlich alles Mögliche, um das Aggregat zur Förderung des Abwassers zu bewegen.

Plötzlich vernahm er fremde Geräusche. Es hörte sich an wie ein tiefes Fauchen oder Blasen, das sich langsam verstärkte und mit Knack-Geräuschen mischte. Dann, plötzlich, ein dumpfer Knall, verbunden mit einem nach und nach verebbenden Fauchen.

,Das kam doch vom Tanklager', dachte er und der kleine flinke Gerd wieselte los in diese Richtung.

Er brauchte nur das Apparategerüst der DC durchqueren und sah die Nebelwolke im Tanklager, die sich langsam fortbewegte und dabei auflöste. Er rannte näher zum Rückstandstank, von dem die Wolke gekommen sein musste und - da - da sah er das an der Ostseite weit aufgerissene Dach des Tanks. Das darauf befindliche Podest ragte zum Teil steil nach oben und die eine von zwei Steigleitern ragte steil in den Himmel.

Die Gaswolke war nicht mehr zu sehen.

Es war still.

Für einen Fremden ein friedliches Bild, als wäre es schon immer so gewesen. Doch dann zerrissen die Warnpfeifen den scheinbaren Frieden. Es kamen andere Anlagenfahrer zum Tanklager gerannt. Irgendwer drehte alle Tankbcricselungen auf. Dreckiges Flusswasser strömte auf die Dächer der Tanks und lief in die Anlagentasse.

„Mensch das nützt doch nichts", hörte man eine Stimme und eine andere mahnte, „macht die Dinger wieder zu."

Der Wasserstrom verebbte.

Die Feuerwehr traf ein.

„Wir beschäumen den Tank! Dazu haben wir ja die Trockenleitungen."

Ehe jemand etwas anderes sagen konnte strömte der Schaum in den Tank und in Sekundenschnelle kam der aus dem nun offenen Dach wieder heraus.

„Schaum Stopp!"

Eine andere Stimme verkündete, „hier tut sich nichts mehr."

Die Feuerwehr fing an ihre Schläuche zusammenzurollen. Die Anlagenfahrer sahen noch einen Moment zu, gingen dann in Richtung Messwarte auseinander, die V-Leute links und die C-Kollegen rechts um das Apparategerüst herum. So waren sie es gewohnt.

Der Anlagenleiter traf ein. „Die Abschnittsleiter sofort zu mir."

John erschien gleich. „Prost ist nicht da, der ist zu Hause."

„Sofort holen lassen. Uschi Titus und Gospel auch."

Prost saß gemütlich mit seiner Frau und seinen drei Söhnen vor dem Fernsehapparat. Er trank behaglich ein Bier und war gerade dabei sich und seiner Frau einen Doppelkorn einzuschenken, als das Telefon klingelte.

Wie immer sprang die Frau sofort auf, doch der Mann hielt sie zurück. „Komm, erst trinken wie den," Prost zeigte auf die vollen Gläser, „und dann kannst du den Hörer abheben gehen, okay?"

Sie prosteten sich zu. Marie-Luise stellte das Glas schnell wieder zurück auf das kleine Tischchen und verschwand in Richtung des klingelnden Telefons.

„Es ist LUNA", kam sie aufgeregt wieder, „es muss etwas passiert sein."

„Das wäre ja ganz etwas Neues", sagte Thomas sarkastisch, „wer ist denn dran?"

„Ich glaube das war die Leitstelle."

Prost stand auf, ging in den Flur zum Telefon und schimpfte dabei vor sich hin. „Mich ruft als Erstes die Leitstelle an, dann ist nicht nur was kaputt, dann ist was faul."

Offensichtlich hatte das der Kollege auf der anderen Seite der Leitung gehört, denn er sagte sofort, „ja, das kannst du so nennen, auf jeden Fall musst du reinkommen."

Prost erkannte die aufgeregte Stimme des Dispatchers der A-Schicht.

„Das Auto ist schon unterwegs," der nervöse Mann brach ab, „Titus und Go-gospel sollen auch mit-mitkommen," fuhr er stotternd fort.

„Was ist denn passiert?" fragte Prost ungeduldig.

„Mensch, eurem Rückstandstank hat es das Dach aufgerissen", die Stimme des Dispatchers vibrierte vor Erregung, „das ist vielleicht eine Scheiße."

Prost fragte hastig, „wurde jemand verletzt?"

„Nein, halte dich bereit, das Auto muss gleich da sein. Es kommt zuerst zu dir."

„Ist gut. Ich bin bereit."

Prost legte auf, ging zurück ins Wohnzimmer sinnierte vor sich hin und murmelte, „mein Rückstandstanks ist kaputt. Das verstehe ich nicht. Wie kann denn so etwas passieren?"

Der Mann füllte sein Schnapsglas bis zum Rand mit Doppelkorn und trank es auf einen Ruck aus. Als es kurz darauf an der Tür klingelte, goss er das Glas noch einmal so voll, trank es aus, zog seine Schuhe an, nahm seine Jacke und verschwand ohne ein weiteres Wort im Treppenhaus.

In LUNA angekommen ranzte ihn gleich sein Chef an. „Deine Leute müssen mit zu viel Stickstoff gespült haben. Wieso ist das überhaupt möglich?"

Prost fauchte zurück. „Das ist nicht möglich. Der Stickstoff würde nie den Tank zum Bersten bringen!" Er brach ab und versuchte sich zu beruhigen.

„Hast du getrunken?", fragte Blücher nun stirnrunzelnd.

„Ja, aber nur ein Bier", antwortete der Abschnittsleiter, ohne mit der Wimper zu zucken.

Beschissen war das Ganze sowieso. Er musste hier einfach nur durch. „Ich muss mir das jetzt ansehen gehen." Beinahe hätte er gelallt.

Prost rannte schnellen Schrittes quer durch die Anlage. Ging sofort über die kleine Brücke in die Auffangtasse der C-Tanks und holte sich nasse Füße, weil hier natürlich knöcheltief das Wasser stand. Unbeirrt ging er weiter direkt auf den Rückstandstank zu, stieg die intakte Steigleiter am Tank hoch und stellte sich in sieben Meter Höhe auf die total schiefe Brücke.

Er hatte nun den Schaden unmittelbar vor sich. Ein Drittel des Dachs war aufgerissen, Schaum und Wasser tropfte vom abgerissen Blech in die Anlagentasse.

„Jetzt ist die Scheiße auch noch nass", fluchte er halblaut vor sich hin.

Trotz des Alkohols in seinem Körper spürte er eiskalt, dass er an einem absoluten Tiefpunkt in seinem Leben angekommen war. Er kletterte ruhig wieder vom Tank runter. Schlürfte durch das Wasser raus aus der Anlagentasse und ging direkt in den Frauenruheraum. Von dort rief er in der Messwarte an, damit seine Leute wussten, wo er sich befand und legte sich auf die Liege. Hier hatte er schon viele Nächte zugebracht, um sich bei Störungen ein bisschen auszuruhen. Meist waren es ja auch nur ein oder zwei Stunden. So sparte er den Weg nach Hause, der zu viel Zeit gekostet hätte.

Morgen früh musste er wieder nüchtern und geistig voll auf der Höhe sein.

❖

V-Fabrik, Montag 29. April 2002

Prost blickte gedankenverloren auf den Frühstückstisch und schwieg.

„Aber wie ist das denn weitergegangen?", fragte Jonny in die entstandene Stille hinein.

Hossa antwortete anstelle des Betriebsleiters. „Der Tank ist durch das zu schnelle Leerdrücken des Entleerungsbehälters geborsten und das waren dann also die V-Leute gewesen."

„Hat man das so herausgefunden?", fragte Adler ungläubig, „aber wen hat man zur Verantwortung gezogen? Und, überhaupt, was hat das Ganze mit einer Datsche, noch dazu mit deiner Datsche, Doktor, zu tun?"

Prost lacht kurz auf, „deine letzte Bemerkung beantwortet die Frage nach der Schuld, Jonny. Die damals eingesetzte Untersuchungskommission machte mich zum Hauptschuldigen und den Anlagenleiter, als meinem Vorgesetzten, zum Mitschuldigen. Es konnte nicht geklärt werden, wer genau, was gemacht hatte. Die Bypassleitung an den Pumpen hatten die V-Leute geistesgegenwärtig noch in der Nacht demontiert. Der, der alles genau wusste, schwieg. Ich glaube, dass er sich dafür schämte, aber er schwieg. Weil es keinen Personenschaden gegeben hatte, wurde die Sache zur Verhandlung nicht an ein Gericht, sondern an die Konfliktkommission übergeben. Wir wurden beide zur Zahlung von einem Bruttomonatsgehalt verurteilt. Das waren für mich damals 1520 DDR-Mark."

Prost machte eine kurze Pause.

Er merkte, dass alle darauf warteten, dass er fortfuhr. Also berichtete er weiter. „Für den defekten Rückstandstank wurde ein neuer gebaut, genau nach den Unterlagen des alten. Am schwierigsten war damals die Entleerung des alten, defekten Behälters. Das war mir in der besagten Nacht auf dem Tank gleich klar gewesen. Durch das Wasser und den Schaum im Tank war es unmöglich geworden den nun feuchten Rückstand zur Verbrennung zu fahren, weil das darin befindliche HCl unsere Verbrennungsdüsen zerstört hätte. Wir mussten alles Mögliche versuchen, um zusätzliche Kosten zu vermeiden.

Letztendlich blieb nur die Entsorgung auf der LUNA eigenen Halde. Aber wie sollten wir das Zeug aus dem Tank holen?"

V-Fabrik, Dienstag 16. September 1980

„Es geht heute nur um eine einzige Frage: Wie können wir den festen Rückstand aus dem defekten Tank entfernen?" Dr. Prost sagte das mit etwas nervöser, aber fester Stimme und sah der Reihe nach den am Tisch im Besprechungszimmer der C-V-Anlage versammelten Kollegen in die Augen.

Neben den Ingenieuren Dr. John, Uschi Titus, Rainer Gospel war auch der in schwierigen Situationen sich immer für V einsetzende Instandhaltungsingenieur und Leiter der B-V-P-Werkstatt Bernd Sänger, natürlich der Laborleiter Dr. Hans-Joachim Funke und Karl Kauczik, der Leiter der Leitstelle, der hier den Direktor vertreten sollte, anwesend.

Prost sah die Konzentration in den Augen der Kollegen und fuhr fort, „wir kennen nicht die genaue Zusammensetzung dieser Pampe, aber es steht fest, dass die meisten Komponenten brennbar sind und damit wahrscheinlich auch der feste Rückstand selbst. Giftig ist das Zeug sowieso. Das bedeutet, dass wir ohnehin nur mit fremdbelüftetem Vollschutz arbeiten können."

Prost machte wieder eine kurze Pause und fügte dann seufzend hinzu, „wenn wir die gesamte Menge über das Dach hinausbefördern müssen, dann brauchen wir Jahre dafür ..."

„Wie viel ist das denn überhaupt?" warf Dr. John ein.

Prost streckte seine rechte Faust vor mit dem Daumen nach oben „geschätzt ist die Schicht circa sechzig Zentimeter stark. Also handelt es sich, über den Daumen gepeilt, um etwa dreißig Tonnen."

Sofort erfüllte leises Geraune den Raum, denn das war doch eine beachtliche Menge.

„Lässt sich das Zeug nicht vielleicht doch heraussaugen?" Rainer Gospel sah fragend zu Prost, registrierte, dass sein Kollege und Freund ihn sauer ansah und gab sich gleich schnell selbst die Antwort, „schon gut, Thomas, ich weiß ja, dass ihr das schon versucht habt."

„Dann ist wohl Pumpen erst recht ausgeschlossen?", mischte sich Uschi Titus ein, die Technologin von Dr. Johns Abschnitt.

Prost nickte. „Das haben wir auch bereits versucht. Keine Chance, das klappt nicht."

Wieder schwiegen alle.

In diese Stille hinein sagte Kauczik, „wenn das Dach schon kaputt ist, warum macht ihr es dann nicht komplett ab und holt das Zeug mit dem Kran raus?"

Nach erneuter Stille setzte Prost den Gedanken fort, „das ist eigentlich keine schlechte Idee. Aber das komplette Dach entfernen heißt natürlich trennen durch Schweißbrennen und das scheint mir doch ziemlich riskant zu sein."

„Na, so schlimm kann das doch nicht sein", bemerkte der nach wie vor sehr Risiko freudige Fritz John und fuhr fort, „ihr inertisiert den Raum und dann geht's los. Da kann doch gar nichts passieren."

144

Die Titus schüttelte ihren Kopf und gab zu bedenken, „die Öffnung ist durch das Aufreißen des Daches schon ziemlich groß. Also ist eine ausreichende Inertisierung nicht so ganz einfach, denn der austretende Stickstoff gefährdet dann ja auch den Schweißer."

Prost nickte. „Das sehe ich leider auch so. Das ist zu ..."

„Warum schneiden wir dann nicht einfach unten einen Flecken heraus, der so groß ist wie eine Tür?", polterte Bernd Sänger dazwischen.

John schüttelte den Kopf. „Das ist doch das Gleiche in grün, Bernd."

„Nicht ganz", meldete sich wieder die Titus, „es könnte gut von unten nach oben inertisiert werden ..."

„Das ist richtig", unterbrach Prost und setzte den Gedanken fort, „aber wie verhält sich der feste Rückstand, wenn die heiße Flamme auf ihn trifft?"

Nach kurzem Nachdenken fügte er noch hinzu, „was sagst du dazu, Hans-Joachim?"

Der Laborleiter nahm seine Brille ab, zog ein kleines Tüchlein aus der Brusttasche seines weißen Kittels und begann sie zu putzen, während er sprach, „alles, was wir vermuten, was da drin sein könnte, verbrennt zu CO_2, HCl und Wasser. Bei unvollständiger Verbrennung kommt noch CO dazu und es kann natürlich auch etwas Chlor entstehen."

„Das ist beherrschbar", sagte Prost, „weil sich diese Verbrennungsprodukte ja im Tank bilden. Durch den beim Schweißen entstehenden Spalt kann doch so viel nicht austreten, oder?" Prost sah fragend in die Runde.

Gospel nickte. „Auf alle Fälle kann der Schweißer ja eine Maske tragen."

Sänger lachte kurz auf und brummte, „wie soll das denn funktionieren? Gibt es vielleicht Maskenschweißbrillen? Auf alle Fälle muss er beide Hände zum Brennen zur Verfügung haben."

„Wenn das der einzige Hinderungsgrund bleibt, so vorzugehen", schnaufte Prost, „dann halte ich persönlich das Schweißschutzschild und sorge ..."

„Soweit kommt das noch, Prost", platzte Sänger dazwischen, „wenn hier einer den Schweißaugenschutz hält, dann bin ich das."

Zum ersten Mal flackerte am Tisch Gelächter auf, das offensichtlich befreiend wirkte, und alle wollten jetzt gleichzeitig etwas sagen.

Das allgemeine Gebrabbel übertönend sagte Prost laut genug, damit es alle hören konnten, „hat noch jemand Einwände oder Bedenken gegen diese Vorgehensweise?"

Wieder herrschte Stille.

Der Abschnittsleiter stand auf und ging zur Tafel. „Also! Wir, die Betreiber inertisieren. Du Bernd lässt brennen. Rainer organisierst du wieder die Entsorgung?"

Gospel nickte nur und machte sich eine kurze Notiz in einem kleinen Heftchen.

„Wie wäre es mit einem Transportband?", mischte sich wieder Sänger ein.

„Ausgezeichnet", Prost schrieb das Wort an die Tafel, „das kann uns viel Arbeit sparen. Den Kleinkram, wie Eimer, Schaufeln und so weiter besorgt uns wieder unser Faktotum Kufalt." Der Abschnittsleiter schwieg einen Moment und sagte dann abschließend, „so schaffen wir das. Ich danke euch."

V-Fabrik, Montag 29. April 2002

„Es haben sich damals fast alle Kollegen des Abschnittes C am Schaufeln des festen Rückstands aus dem Tank beteiligt", Prost sah zu seinen altgedienten Anlagenfahrern, „wisst ihr das noch Günther, Emil?"

„Und ob", griff Hossa den Gedanken auf, „da hatten wir unser Stimmungstief, das durch das Bersten des Tanks entstanden war, überwunden und die Schaufelei hat uns schon fast Spaß gemacht."

„Schlecht war nur", fuhr nun Balla fort, „dass ich unter der Maske nicht singen konnte. Da beschlugen leider die Gläser und ich hätte mich im Morast verirrt."

Nachdem sich das Gelächter wieder gelegt hatte, erzählte Prost den Rest der Geschichte. „Als der Tank endlich leer und gründlich gereinigt war, wurde er so, wie er da stand, von einem Kran aus der Tasse gehoben. Derselbe Kran transportierte das Wrack auf der Straße nach Westen und setzte ihn da ab, wo sich heute die neue Rückstandsverbrennung befindet. Dort stand er mindesten zwei bis drei Jahre. Durch die Öffnung unten konnte man leicht hineingehen und durch das aufgerissene Dach in die Wolken gucken. Irgendwer sagte eines Tages: „Ich gehe mal in ‚Prosts Datsche' zum Entspannen."

Der Betriebsleiter sah in die Runde. Jeder schien seinen eigenen Gedanken nachzuhängen. Prost überlegte, ob er die Sache mit dem Alkohol noch erklären sollte. Doch er sagte nichts mehr. Alle waren sie erwachsene Menschen und konnten selbstständig denken. Sie können zweifellos dieses Geschehen richtig einordnen, ohne irgendwelchen Schaden von dem negativen Beispiel ihres Chefs zu nehmen.

„Danke für das Frühstück. Ich verzieh mich jetzt in mein Büro und werde Unterlagen des neuen 2. Strangs der C-V-Anlage kontrollieren."

Beim Verlassen des Raumes hörte er noch, dass Stefan Schubert damit begann die Kollegen für die Außerbetriebnahme des Abgaskühlers einzuweisen.

Max Balladu - Trost für Prost

Halle-Neustadt, Sonnabend 4. November 1989

An diesem Tag saß Prost mit seiner Frau vor dem Fernsehapparat und verfolgte mit Staunen die Kundgebung auf dem Alexanderplatz in Berlin. Beiden lief es abwechselnd eiskalt oder siedend heiß den Rücken runter. Sie spürten mit jeder Faser ihres Körpers, dass eine Zeit begonnen hatte, in der man Goethes Worte ,Himmelhoch jauchzend, Zum Tode betrübt', sofort verstehen konnte, ohne verliebt zu sein. Es lag etwas in der Luft, das nicht zu erklären war und trotzdem meinte man, es zu spüren. Viele Menschen, dazu gehörten auch die Prosts, erfüllte das Gefühl vieles ändern, verändern zu können. Es schien einfach alles möglich zu sein.

Stefan Heym sprach dem Mann Prost aus dem Herzen: ,Es ist, als habe einer die Fenster aufgestoßen nach all den Jahren der Stagnation, der geistigen, wirtschaftlichen, politischen, den Jahren von Dumpfheit und Mief, von Phrasengedresch und bürokratischer Willkür, von amtlicher Blindheit und Taubheit. Welche Wandlung!'

Christa Wolf berührte die Frau Prost: ,Verblüfft beobachten wir die Wendigen ... Was bisher so schwer auszusprechen war, geht uns auf einmal frei über die Lippen. Wir staunen, was wir offenbar schon lange gedacht haben und was wir uns jetzt laut zurufen'. Friedrich Schorlemmer rief den Fünfhunderttausend zu: ,Bleibt doch hier! Jetzt brauchen wir buchstäblich jeden und jede'. Als Steffi Spira Zeilen aus Brechts ‚Lob der Dialektik‘ zitierte, lief Prost wieder ein kribbelnder Schauer über den Rücken.

‚So wie es ist, bleibt es nicht.

Wer lebt, sage nie Niemals.

Wer seine Lage erkannt hat,

Wie soll der aufzuhalten sein.

Und aus Niemals wird Heute noch!‘

Der Satz von Christoph Hein: ‚Wir haben es noch nicht geschafft‘, blieb in Prosts Kopf haften. Er erinnerte ihn an das, was er sich selbst noch vorgenommen hatte. In zwei Tagen, am Montag, wollte der Mann im Namen der Montagewerker den Parteisekretär der Grundorganisation stürzen, um sich selbst zur Wahl zu stellen, um dann Anfang Dezember als Abgeordneter zum Parteitag in Berlin zu fahren. Sein Auftrag dafür lautete, die SED aufzulösen und eine neue, demokratische, sozialistische Partei zu gründen. Mit einer Gegenstimme wurde er auch gewählt. Aber auf der Kreisdelegiertenkonferenz konnte er sich nicht durchsetzen. Die Genossen in den anderen Parteiorganisationen waren wohl noch nicht so weit. Die Mehrheit schickte den alten Kreisparteisekretär nach Berlin.

V-Fabrik, Montag 19. März 1990

Die Fenster des Aufenthaltsraumes im Messwartengebäude der C-V-Anlage standen offen, obwohl das aus zweierlei Gründen nicht erlaubt war. Erstens, weil der Raum durch die Klimaanlage temperiert und gleichzeitig mit einem leichten Überdruck versehen wurde und damit verknüpft folgt zweitens, weil der Überdruck im Raum und die geschlossenen Fenster, verhindern sollten, dass bei einem Gasausbruch die gefährliche Wolke in das Gebäude eindringen, die Menschen vergiften oder durch eine Explosion gefährden konnte. Allerdings gingen die Fenster zur Straßenseite hinaus, während die Anlage sich auf der anderen Seite befand, sodass sich fast niemand an das Verbot hielt.

So war es auch am Montag, einen Tag nach der letzten Wahl der DDR-Volkskammer. Acht Anlagenfahrer saßen um eine aus mehreren kleinen Tischen zusammengestellte Tafel. Sie vertrieben sich die Zeit in ihrer Pause mit Trinken, Essen und Rauchen.

Der Raum war verqualmt und die Nichtraucher hatten natürlich trotz Verbot die Fenster geöffnet.

Als Prost den Raum betrat, hörte er aus dem Gemurmel am Tisch und den Qualmwolken heraus Billys Stimme. „He Doktor, setz dich doch mal zu mir."

Prost sah sich im Raum um, fand Billy Erfurt in der Nähe des offenen Fensters, ging zu ihm und klopfte mit den Knöcheln der rechten Hand kurz auf den Tisch. „Hallo Billy, was gibt es?"

Erfurt zog einen Stuhl neben sich etwas vom Tisch weg. „Setz dich erst einmal, Doktor."

Prost ergriff den Stuhl an der Lehne, schob ihn sich zu Recht und setzte sich. „Wie hältst du es als Nichtraucher hier eigentlich aus?"

„Es gibt schlimmeres." Erfurt sah Prost in die Augen und grinste. „Du kannst dir ruhig deinen Stumpen anzünden, Doktor, dann kommt hier wenigsten Mal ein anständiger Geruch dazwischen."

Prost holte aus seiner linken oberen Brusttasche seiner blauen Arbeitsjacke eine in Zellophanfolie verpackte schlanke Zigarre hervor, entfernte die Schutzhülle und zu seiner Überraschung zündete Erfurt ein Streichholz an.

Der zu diesem Zeitpunkt noch stellvertretende Leiter der V-Fabrik hielt die eine Seite des Stumpens in die Flamme, während er von der anderen Seite heftig saugte, sodass blaugraue Qualmwolken aus seinem Mund quollen, während die Flamme des Zündholzes heftig flackerte. „Danke Billy. Ich staune, als Nichtraucher hast du Streichhölzer bei dir?"

Erfurt warf das abgebrannte Streichholz lässig in den Aschenbecher. „Ich habe früher auch mal Zigarren geraucht. Aber das ist unwichtig. - Du bist bestimmt traurig, Doktor?"

Prost lachte kurz auf. „Du meinst wegen des Ausgangs der Volkskammerwahl?"

„Na hör mal! So wie du dich für Veränderungen a la Gorbatschow eingesetzt hast, muss der Wahlausgang doch eine bittere Enttäuschung für dich sein. - Oder irre ich mich da?"

„Ja und nein, Billy. Ja, wenn du mich das vor zwei Monaten gefragt hättest, denn zu dieser Zeit hätte ich ein solches Ergebnis nicht für möglich gehalten. Nein, weil ich, je näher der Wahltag kam, feststellte, dass die Menschen möglichst schnell BRD Bürger werden und natürlich damit verbunden das richtige Geld zwischen die Finger bekommen wollten."

„Den Kommunisten hier," sagte Erfurt mit freundlicher Stimme, „geht es jetzt wie den Christen vor zweitausend Jahren, Doktor, aber auch die haben sich wieder aufgerappelt."

Prost lachte wieder kurz auf. „Ich bin angenehm berührt, Billy, dass du mich trösten willst, weil der Sozialismus in der DDR abgewählt worden ist."

„Ich habe nicht die Schwarzen gewählt." Erfurt schwieg, dachte kurz nach und fuhr fort, „zum ersten Mal habe ich freiwillig die SED-PDS gewählt."

„Wir kennen uns schon so lange, Billy und doch kannst du mich immer noch überraschen."

„Die Christen hatten in ihrer Entwicklung auch immer wieder deftige Niederlagen und doch haben sich die positiven Gedanken der Religion, vertreten durch kluge Gläubige, immer wieder aufgerappelt. Das schafft ihr Kommunisten auch, Doc."

„Ich wusste schon immer, dass du ein kluger Kopf bist Billy, aber heute verblüffst du mich dennoch."

„Aber wir, Doc, werden das nicht mehr erleben."

„Ja, damit hast du recht, Billy. Das Wort Kommunismus wird wohl im kommenden Jahrhundert ein kaum zu überbietendes Schimpfwort sein."

Max Balladu - Probleme daheme

Bennstedt, Sonnabend 18. Dezember 2010

Nach dem Abendessen, das das Rentnerehepaar Prost sehr individuell vor dem neuen großen LED-Bildschirm zu sich genommen hatte - der Mann zusammen mit seinem Hund Max, dem er ab und zu ein Stückchen Bockwurst auf ein kleines, auf dem Teppich stehendes Tellerchen legte, während er selbst ein ebenso großes Teil einer Wurstschnitte verspeiste - die Frau löffelte sich nur einen Joghurt in den Mund - stiegen die beiden die Treppe in den Keller runter, um im dort vorhandenen größten Raum, eine Partie Billard, quasi zur Verdauung, zu spielen.

Das Match begannen beide schweigsam.

Plötzlich sprach der Mann sehr laut und mit Zorn in der Stimme, „jetzt habe ich aber die Schnauze voll! Der Fernseher spinnt schon wieder. Nun ist der Ton zwar okay, aber das Bild ruckelt. Hast du das nicht gemerkt?" Der Ingenieur im Ruhestand Thomas Prost seine Frau Marie-Luise ärgerlich an, die viele Jahre Fachverkäuferin bei Karstadt gewesen war.

Die Frau schüttelte den Kopf. „Nein, ich habe nichts gemerkt."

„Am liebsten würde ich den Hammer nehmen und dieses Scheißding in tausend Stücke schlagen!"

Prost ergriff wieder sein Queue, zielte und stieß die weiße Kugel dezent an, sodass sie die rote an der richtigen Stelle traf und diese in das angesagte Loch beförderte. Der kleine Erfolg beruhigte den Mann wieder ein bisschen.

Trotzdem sagte Marie-Luise vorsichtshalber, „mach das nicht. Das - Ding - hat immerhin Tausend Euro gekostet."

„Na und", brummte er noch, aber dann verstummte er, obwohl die Wut immer noch in ihm kochte.

Prost wunderte sich über sich selbst, dass er mit zunehmendem Alter scheinbar immer empfindlicher gegen Misserfolge wurde. Das hatte er zum ersten Male deutlicher gemerkt, als sie vor fünf Jahren im Keller ihres kleinen Häuschens einen Billardtisch aufgestellt hatten und versuchten dieses Spiel zu erlernen. Prost las natürlich zuerst ein Buch über Billard, studierte dann einzelne Stöße und übte diese. Seine Versuche, Marie Luise - Prost hatte ihr den Kosenamen Moritz verpasst - dieses Wissen zu übermitteln, scheiterten. Doch das wunderte ihn nicht so sehr. So war das ja schon immer gewesen.

Ziemlich am Anfang ihrer Ehe, als Marie Luise die Abendschule besuchte, wollte ihr Thomas, insbesondere bei Mathematik, natürlich helfen. Ja, er freute sich sogar darauf. Nach einigen Versuchen musste er verwundert und ein wenig enttäuscht aufgeben, denn die Logik seiner Frau in diesem Zusammenhang erschloss sich ihm nicht.

Marie-Luise war logisches Denken fremd, sie gestaltete das Leben mehr von ihren Empfindungen her und natürlich erst recht beim Billard.

Prost bezeichnete ihre Konkurrenz bei diesem Spiel deshalb als Kampf des Geistes gegen das Gefühl.

Nach anfänglichen Schwierigkeiten wurden beide besser und damit begann der Wettbewerb. Prost merkte, dass er sich innerlich sehr aufregen konnte, wenn ihm ein Stoß misslang und manchmal ärgerte er sich schwarz, wenn er verlor. Sein Verstand beobachtete sein eigenes emotionales Verhalten mit Interesse und wie er meinte auch mit Abstand. Wieder einmal merkte er, dass Geist und Empfinden wohl tatsächlich voneinander getrennt sind und auch so, also jedes für sich, wirken. Es gelang seinem Willen nicht, geleitet vom Verstand, die negativen Emotionen zu unterdrücken.

Marie-Luise reagierte bezogen auf ihr Billardspiel völlig anders. Wenn Thomas zu oft gewann, ärgerte sie sich zwar auch, aber auf keinen Fall so verbissen wie er. Allerdings verlor sie dann schneller die Lust. Damit das nicht passierte, beschlossen beide, dass die Frau bei einem Fehlstoß, zweimal hintereinander stoßen durfte. Interessanterweise war jetzt das Spiel ziemlich ausgeglichen.

Der Ärger beim Billard nach einer Niederlage verflog in der Regel relativ schnell. Nur manchmal beschäftigte er sich bis zum nächsten Tag damit.

Der Defekt eines technischen Gerätes hingegen, konnte Prost schon so richtig auf den Magen schlagen und erst recht, wenn es davon gleich mehrere kurz hintereinander gab.

Dieses Jahr 2010 hatte diesbezüglich schon gut angefangen mit einem Defekt der Heizung bei minus 10 °C. Aber auf der anderen Seite hatten sie auch wieder Glück, denn das geschah am Montagmorgen und noch am gleichen Tag war die Heizung wieder okay.

Im Frühjahr verabschiedete sich das ABS-System ihres Autos. Auch der Schaden war schnell behoben, doch die Reparatur kostete 1500 Euro.

Einen Monat später sprang das Auto nicht an. Es musste in die Werkstatt abgeschleppt und die Kraftstoffpumpe ausgewechselt werden. Zum Glück passierte das Malheur direkt vor der eigenen Haustür.

Im September spielte das Auto erneut verrückt. Es sprang im kalten Zustand sofort an, aber wenn es circa eine Stunde gestanden hatte, dann war es nur sehr schwer in Gang zu bringen.

Der Meister der Autowerkstatt sagte, „wir finden keine Ursache. Es könnte die Drosselklappe sein, aber das ist nicht gewiss. Der Wechsel würde 400 Euro kosten. Wollen sie das? - Nein? - Dann müssen wir abwarten."

Nach drei Wochen, nichts hatte sich geändert, fuhr Prost wieder zur Werkstatt.

Nach einer Stunde sagte der Meister, „wir haben alles noch einmal saubergemacht und durchgeprüft. Es müsste alles funktionieren. Hier, bei uns, in der Werkstatt springt ihr Auto auch immer an."

Kostenpunkt 60 Euro.

Nach weiteren drei Wochen, wieder hatte sich nichts geändert, fuhr Prost erneut in die Werkstatt. Doch auch dieses Mal fand der Mechaniker keinen Fehler. „Bei uns springt das Auto immer an."

Dieses Mal verlangt die Werkstatt kein Geld.

Für Prost blieb die Situation unverändert, wenn das Auto eine Stunde gestanden hat, dann sprang es nicht an oder eben erst nach langen Startversuchen.

Im Oktober fing der alte Röhrenfernseher an zu spinnen.

„Na gut", sagten sich die Prosts, „dann schlagen wir jetzt zu und kaufen einen neuen, ordentlichen Apparat mit großem LED-Bildschirm. Dann haben wir wenigsten damit unsere Ruhe".

Das war ihr größter Irrtum in diesem Jahr.

Sie kauften, aus ihrer Sicht, einen sehr guten 46 Zoll LED Fernseher der Firma Philips. Trotz aller Vorinformationen hatte Prost nicht berücksichtigt, dass sich die Anschlüsse für Fremdgeräte an diesen neuen Apparat, so auch für die Surround Anlage, in der Zwischenzeit geändert hatten. Deshalb stellte er enttäuscht fest, dass seine alte Anlage sich wohl nicht mehr würde anschließen lassen.

‚Na, mal abwarten', dachte Prost.

Bei den ersten Schritten der Installation des Fernsehers wunderte er sich, dass der Apparat beim Sendersuchlauf nur analoge Sender fand.

‚Also braucht man doch noch einen Receiver?", fragte er sich überrascht und erinnerte sich, dass der Verkäufer ihm einen solchen hatte auch verkaufen wollen.

‚Kein Problem", dachte der Ingenieur und holte einen etwas älteren digitalen Sat-Receiver aus der Versenkung.

Ein Scartanschluss war am Fernseher vorhanden.

Und siehe da, es funktionierte. Alle zur Verfügung stehenden digitalen Sender waren vorhanden. Über diesen Receiver konnte Prost auch die Surroundanlage anschließen und alles schien geregelt.

„Einen neueren Receiver können wir ja dann immer noch kaufen", sagte Prost zu Marie-Luise.

Die Frau hatte ihrem Mann still zugesehen und heimlich gehofft, dass von den vielen Kabeln vielleicht doch einige verschwinden würden. Nun stellte sie enttäuscht fest, dass das nicht der Fall war.

Doch der Fernsehapparat lief.

Am nächsten Tag sagte Prost zu seiner Frau, „ich kann mir nicht helfen, aber haben die Bilder nicht alle einen Grünstich?"

„Meinst du?" Marie-Luise sah von ihrem Mann zum Bildschirm. „Schalte mal auf einen anderen Kanal."

Auf dem nächsten Sender lief ein Trickfilm. Die beiden verglichen das Bild mit ihrem kleinen Apparat in der Küche und tatsächlich. „Die Farben stimmen eindeutig nicht", konstatierte Prost und die Frau nickte bestätigend.

„Ich rufe sofort im Geschäft an. Am liebsten würde ich den Apparat wieder zurückbringen."

Nach weiteren fünf Minuten Test mit dem gleichen Ergebnis bemerkte Prost frustrierend, „wir sollten das Ding zurück ins Geschäft befördern."

Gesagt, getan. Sie packten das große Gerät ein und fuhren los. Herr Streich, der Angestellte, bei dem sie das Gerät gekauft hatten, war nicht da, also wandten sie sich an eine andere Verkäuferin.

Die Frau wusste scheinbar noch weniger über diesen Fernseher, denn sie versuchte vergebens, das Gerät zum Laufen zu bringen.

Nach einer halben Stunde war sie entnervt und die Prosts sauer.

Die Verkäuferin rief ihre Chefin an und die genehmigte den Tausch.

Die Prosts zogen befriedigt mit ihrem neuen Stück nach Hause, nicht ahnend, dass sie sich erst jetzt, mit diesem neuen Gerät, die Probleme ins Haus geholt hatten.

Der erneute Aufbau des Apparates ging dieses Mal schon viel schneller und im Handumdrehen waren sie bei der erneuten Installation. Gespannt warteten sie beim Sendersuchlauf, der ja ziemlich lange dauerte, ob es Veränderungen geben würde. Plötzlich lief das Band der kleinen blauen Punkte auf dem Bildschirm nicht mehr und Prost wusste, dass das Gerät sich aufgehangen hatte, wie ein Computer. Er ahnte, dass bei einem Fernsehapparat ein solcher Fall - anders als beim PC - tiefer gehende Folgen haben könnte.

Die Erkenntnis schlug ihm sofort auf den Magen.

Trotzdem startete er den Sendersuchlauf erneut und dieses Mal wurde der Prozess, aber auch wieder nur mit analogen Programmen, abgeschlossen. Deshalb schloss der Mann sofort wieder den alten Receiver dazwischen.

„Was ist denn das für ein Bild", stöhnte Prost, während Marie-Luise schwieg, aber sie war ganz blass im Gesicht.

Auf dem Bildschirm waren nur völlig entstellte, einseitig wirr gefärbte Bilder zu sehen.

„Das kann nur an der Scart-Verbindung zwischen Receiver und Fernseher liegen", sagte Prost laut, griff sich das Scartkabel und warf den Verteiler, den er zum gleichzeitigen Anschluss des DVD-Spielers eingebaut hatte, wieder raus.

„Das sieht gut aus", sagte Marie-Luise aufatmend, „ich glaube auch die Farben sind jetzt okay", und sie setzte sich aufs Sofa.

„Das ist doch ein sehr gutes Bild", sagte Prost und nahm neben seiner Frau Platz.

„Ja", sagte Marie Luise schon fast mit Humor in der Stimme, „bei dem großen Bildschirm können wir auch wieder bei Sportsendungen die Ergebniseinblendungen lesen."

Beide atmeten tief durch.

Sie waren der Meinung, dass jetzt das Genießen des neuen Gerätes beginnen würde.

Dieses Gefühl dauerte fünf Minuten.

Plötzlich stand das Bild still, während der Ton weiterlief. Nach drei Sekunden gab es einen kurzen, leisen Klick, der Bildschirm wurde für 6 Sekunden schwarz, dann kam das Bild wieder und es sah so aus, als wenn nichts gewesen wäre.

Der Ingenieur Prost wusste nun genau, dass dieser Apparat wirklich eine Macke hatte, wahrend der erste wahrscheinlich in Ordnung gewesen war, denn der Grünstich war sicher nur von der Scart-Verbindung verursacht worden.

Der Druck auf Prosts Magen verstärkte sich, eine Hitzewelle lief durch seinen Körper, das Gehirn begann zu kurbeln. „Was konnte die Ursache für diesen Ausfall sein?"

Hätte er jetzt seinen Blutdruck gemessen, dann wäre das wohl ein Rekordwert geworden.

Am liebsten würde er den Apparat auch wieder zurückbringen, obwohl heute Sonnabend war, aber vielleicht war das ja nur ein einmaliger Ausfall?

„Wir warten das Wochenende ab, dann sehen wir weiter. Ich werde mich mit der Firma über das Internet verständigen, vielleicht kann ich da ja etwas erreichen."

Das fand Marie-Luise richtig und sie machte sich an ihre täglichen Aufgaben.

Prost hatte schon von Anfang an per Email mit der Firma verkehrt, weil er von denen auch wissen wollte, ob es denn wirklich keine Möglichkeit gab, sein Surroundsystem an den Fernseher anschließen. Die Antwort dazu war zwar negativ, aber er nutzte diese Email, um jetzt sofort sein neues Problem zu schildern.

Nach dem Nachmittagsspaziergang mit ihrem Hund Max, schalteten die Prosts ihren neuen Fernsehapparat ein.

Das große Bild war imponierend, auch die Qualität fanden beide sehr gut, obwohl sie ihren - so hatte das der Verkäufer formuliert - Mercedes im Moment nur mit einem Trabbimotor betrieben.

Dass die Prost auch schon einen Mercedesmotor hatten, wussten sie zu diesem Zeitpunkt noch nicht.

Mann und Frau lehnten sich in ihren Sesseln zurück. Da gab es wieder das Standbild, den schwarzen Bildschirm und nach sechs Sekunden war wieder alles okay.

Prost brummte bedrückt, „wir müssen uns diese Ausfälle notieren, vielleicht finde ich heraus, woran das liegt. Möglicherweise ist es immer noch der Scartstecker."

Marie-Luise stand gleich auf, holte Bleistift und Papier und Thomas notierte den ersten Ausfall.

An diesem Sonnabend geschah diese Unterbrechung nur noch einmal.

Das beruhigte die Prosts ein bisschen.

Marie-Luise meinte gar, „damit kann ich leben, das stört mich fast nicht."

„Hier ist etwas faul", murmelte düster der Mann, „und das wird mir keine Ruhe lassen, bis wir es herausgefunden haben."

„Aber wieder zurückbringen werden wir den Apparat nicht", sagte die Frau entschieden, „das nervt mich noch mehr."

Prost schwieg dazu. Er hätte lieber früher als später diesen Apparat gegen den zuerst gekauften eingetauscht. Doch auch er wusste, dass bei einem solchen Schadensbild: zwei Ausfälle pro Tag für 9 Sekunden, ein erneuter Gerätewechsel nicht so einfach gehen würde.

Am Sonntag testete Prost den Apparat ohne Receiver und mit gezogenem Scartstecker. Es gab keinen Ausfall. Nun war er sich schon ziemlich sicher, dass es nur an diesem Anschluss liegen konnte. Morgen wollte er den Fernseher wieder ohne Receiver, aber mit eingestecktem Scartanschluss betreiben.

Am Montag erhielt Prost eine E-Mail-Antwort. Neben ein paar Fragen zu externen Geräten, empfahlen sie ihm als erstes aus dem Internet die neueste Software herunterzuladen und über einen Memorystick auf den Fernseher aufzuspielen. Sie hatten den Vorgang gut beschrieben, sodass Prost diese Aufgabe sehr schnell erledigt hatte.

Während des abendlichen Fernsehens gab es wieder zwei Ausfälle.

Prost teilte das Ergebnis einschließlich seiner Überlegungen mit dem Scartanschluss den Kollegen per Email mit.

Am nächsten Tag war die E-Mail-Antwort kurz. „Sie benötigen keinen separaten Receiver, denn der Apparat ist bereits mit einen solchen ausgestattet."

Sofort sprang Prost auf, eilte ins Wohnzimmer, erklärte seiner Frau kurz, was er machen wollte und startete den Sendersuchlauf. Es dauerte wieder 20 Minuten, aber nur analoge Sender wurden angezeigt.

„Das verstehe ich nicht", sagte Prost, „die Kollegen haben doch recht und auf der Verpackung steht ja auch drauf: mit DVB (C) Receiver. Inzwischen weiß ich ja was das bedeutet. Also muß ich etwas anderes falsch machen."

Marie-Luise hatte sich die sechs Blätter der mitgelieferten Bedienungsanleitung angesehen. „Da steht ja gar nichts drin. Wenn ich allein wäre, hätte ich schon längst Hilfe holen müssen."

Prost antwortete nicht, weil er noch angestrengt nachdachte. Jetzt ergriff er wieder die Fernbedienung, wanderte durch das Menu bis zum Punkt Sender suchen, betrachte das Bild genauer und stellte fest, dass er hier die Wahl hatte zwischen Schnellsuche und erweiterter Suche. Die Standardeinstellung lag auf Schnellsuche. Das änderte Prost nun auf erweitert und drückte dann Start. Bereits nach 10 Minuten erschienen die ersten digitalen Sender und

164

nach Ablauf der vollen 20 Minuten zeigte der Bildschirm 147 digitale und 34 analoge Sender.

Thomas und Marie-Luise saßen nebeneinander auf dem Sofa, sahen auf das jetzt noch schärfere Bild ihres neuen Apparates, sagten - nichts.

Sie dachte: ‚Lieber Marx, lass es das nun gewesen sein, denn mir ist furchtbar schlecht.'

Er überlegte: ‚Das ist zwar jetzt ein erheblicher Fortschritt, aber hat mit dem Fehler ja eigentlich nichts zu tun, oder?'

Die Antwort kam schnell. Nach nur fünf Minuten trat der gleiche Ausfall auf, wie vorher. Während Marie-Luise in sich zusammensackte, sprang Prost auf, griff schnell hinter den Fernseher und zog den Scartstecker für den DVD Player aus der Buchse. Nur zwei Minuten später erschütterte sie der nächste Ausfall und Prost konnte auch die Theorie mit dem Stecker auf den Müll schmeißen.

Während Marie-Luise mit blassen Gesicht in die Küche verschwand, stand er auf, ging noch einmal zum Fernsehapparat, drehte ihn etwas, damit er sich die Rückseite mit den diversen Anschlüssen genauer betrachten konnte und plötzlich war der Apparat ganz tot.

Kein Bild, kein Ton, nichts.

„Jetzt ist das Scheißding völlig kaputt", sagte Prost laut.

Marie-Luise kam wieder ins Zimmer gestürzt: „Was ist los? Was ist kaputt?"

„Der ganze Apparat. Jetzt bringen wir das Ding sofort wieder zurück", rief Prost mit vor unterdrücktem Zorn gepresster Stimme.

Zum zweiten Mal verpackten sie das große Gerät, schleppten es zum Auto, luden es unter Mühe ein und fuhren zum Geschäft. Hier mussten sie das sperrige Stück wieder ausladen, auf einen Wagen legen und fuhren damit in die Fernsehabteilung, wo sie Herr Streich am liebsten übersehen hätte.

Doch das ging natürlich nicht, denn Prost hatte ihn vorher angerufen und mitgeteilt, dass das Gerät nun gar nicht mehr funktionieren würde. Also versuchte er eine freundliche Mine zu machen.

Wieder packten sie das Gerät aus, stellten es in ein Regal zum Probelauf. Zu Prosts Erstaunen erschien zumindest sofort das Logo der Firma. Das war zu Hause nicht mehr gelungen.

Dann ging es aber nicht mehr vorwärts und Thomas riss der Geduldsfaden. „So nehme ich den Apparat auf keinen Fall wieder mit nach Hause. Der hat ´ne Macke!"

Dem Verkäufer gelang es einfach nicht den Apparat an die im Verkaufsraum vorhandene Antenne anzuschließen. Er war offensichtlich durch diesen erbosten Käufer so genervt, dass ihm nicht einfiel, dass dieser Apparat nur einen DBV (C) Receiver besaß und einen Kabelanschluss hatte das Geschäft nicht.

„Ich kann den Apparat nicht auch noch zurücknehmen, Herr Prost. Das sind doch alles Verluste für uns, denn ich muß beim Weiterverkauf ihres Apparates ja mit dem Preis runtergehen."

„Der Apparat funktioniert aber nicht."

„Wir können für sie die Reparatur anmelden. Bei der Größe des Fernsehers kommen die Kollegen ja ins Haus."

Marie-Luise, die mit bleichem Gesicht diesen Disput verfolgte, legte ihre Hand auf den Arm ihres Mannes. „Komm, mach das so, wir nehmen den Apparat wieder mit nach Hause. Mir ist schon ganz schlecht."

Die ganze Geschichte ließ Prost natürlich keine Ruhe.

Außerdem hatte er nachgedacht, warum zu Hause das Gerät völlig tot und im Geschäft sofort angegangen war.

‚Hatte er etwa einen Schalter übersehen?'

Siedend heiß stieg ein Schauer vom Magen in den Kopf. Als das Gerät wieder auf seinem Platz im Wohnzimmer stand, suchte Prost als erstes nach diesem Schalter. Tatsächlich! Auf dem unteren Rand, auf halbrechter Position und von unten angebracht, befand sich ein kleiner Schalter, der von vorn nicht zu sehen war. Den musste Prost beim Verrücken des Gerätes aus Versehen betätigt haben.

Thomas schlich zu Marie-Luise in die Küche. „Ich Idiot habe vorhin unbemerkt den Ein-Ausschalter betätigt. Dieses Problem zumindest ist aufgeklärt."

„Und wie geht es nun weiter?", fragte sie traurig.

„Jetzt gibt es nur noch eins. Wir müssen auf die Reparatur warten. Streich wollte die ja anmelden und uns dann informieren."

„Na, hoffentlich ruft er auch wirklich an", sagte sie skeptisch und drehte sich wieder ihrer Arbeit zu.

Prost ging grübelnd wieder zurück ins Wohnzimmer. ‚Das Auto spring schlecht an und bleibt vielleicht irgendwann irgendwo ganz stehen. Der nagelneue Fernseher fällt alle zwanzig Minuten für 9 Sekunden aus‘.

Bevor er sich setzten konnte, stupste ihn sein Hund an. Prost streichelte seinen Kopf, „ja, Max mein Freund, wir zwei gehen jetzt erst einmal spazieren. Da kann ich in Ruhe noch einmal über alles nachdenken."

Nach dem Spaziergang hatte Prost sich im Kopf einen Plan zurechtgelegt, den er jetzt an seinem Schreibtisch auf einen kleinen Zettel schrieb:

1. Das Wichtigste ist die Reparatur. Immer wieder nachhaken.

2. Lösung für Surround Anschluss finden. Für den Fernseher brauchte er zwar nun den alten Receiver nicht mehr, aber um seine Surroundanlage betreiben zu können musste er ihn trotzdem benutzen. Das ist doch Mist.

3. Prüfen, ob es nicht doch eine Möglichkeit gab auch den Ton digital zu seiner Anlage zu bringen, denn die konnte auf alle Fälle digitale Signale verarbeiten. Erst dann war sein Mercedes Fernseher wirklich ein Mercedes.

Prost war gerade fertig mit dem Schreiben, da klingelte sein Handy. „Wir haben ihren Reparaturauftrag angemeldet. Hier ist die Nummer: 123 456 789. Sie müssen die Hotline der Firma anrufen und zu ihrem Gerät noch ein paar Angaben machen. Alles klar? Na, dann viel Erfolg."

Natürlich gab Prost die geforderten Daten sofort weiter, denn die hatte er von Anfang an alle auf einen Zettel geschrieben. Jetzt hieß es also warten, bis der Monteur anrief.

Prost hatte Zeit, die alten Beschreibungen seines Stereo- und des digitalen Kabelreceivers zu studieren. Mit Erstaunen stellte er fest, dass an beiden Receivern ein optical Aus- bzw. Eingang für digitale Signale existierte. Außerdem fand er unter den alten Strippen sogar ein solches optical Kabel.

‚Mensch Prost, damit musst du dich doch schon mal früher beschäftigt haben', er schüttelte missmutig den Kopf.

Das hatte er inzwischen alles wieder vergessen. Trotzdem stand er mit neuem Elan auf, rannte schwungvoll mit dem Kabel in der Hand die Treppen hinunter, steckte es in die vorgesehen Buchsen des externen Receivers und der Audioanlage, die er bereits auf digital eingestellt hatte und ... es funktionierte auf Anhieb.

‚Verdammt', dachte er nun, ‚wenn es jetzt noch einen Adapter von einem digitalen Koaxialkabel zu einem optical Kabel gäbe, dann könnte ich den Fernseher direkt an den Stereoreceiver anschließen.'

Sofort rannte er wieder hoch in sein Zimmer, setzte sich an den Computer und fand natürlich in kurzer Zeit heraus, dass es einen solchen Adapter tatsächlich gab. Prost war jetzt schon fast wieder richtig glücklich. Na ja, noch war der Fernseher nicht repariert, aber es ging eben doch vorwärts.

Als sie nach drei Tagen am Nachmittag vom Spazieren zurückkamen, klingelte ihr Telefon und wie gewohnt nahm Marie-Luise den Hörer ab. Prost hörte nicht, was sie sprach, denn er kümmerte sich um den Hund.

„Das war die Firma. Der Mann sagte, dass der Apparat repariert sei und morgen zu uns geschickt werden soll. Als ich erwiderte, dass unserer Gerät hier bei uns steht und auch hier repariert werden soll, entschuldigte er sich: ‚Das muß ich dann noch einmal überprüfen. Ich rufe sie wieder an'. Verstehst du das Thomas?"

Prost schüttelte seinen Kopf. „Nein, aber es klingt nicht gut. Irgendetwas läuft da schon wieder falsch."

Eine halbe Stunde später entschloss sich Thomas doch noch einmal die Hotline anzurufen.

Natürlich spricht man da immer erst mit dem Automaten. Als erstes muss man die Reklame über sich ergehen lassen. Dann folgte die Warteschleife: „Bitte haben sie ein bisschen Geduld, sie werden sofort verbunden," gefolgt von, auf Grund der kleinen, dafür gar nicht gedachten Lautsprechern in den Hörmuscheln, logischer Weise verzerrter Musik. Dann ging es weiter, „wenn sie nicht damit einverstanden sind, dass das Gespräch aufgezeichnet wird, dann drücken sie die 1."

‚Ich werde mich hüten', dachte Prost, dann verbinden die mich wohlmöglich gar nicht.

„Betrifft ihr Anliegen Plasma oder LCD-Fernseher, dann drücken sie die 1."

Sofort drückt Prost die 1 in die Tastatur und fast gleichzeitig startete ein Automat: „Bitte haben sie ein bisschen Geduld. Zurzeit sind alle Mitarbei ..." Der Automat wurde von einer lebendigen Stimme unterbrochen, „hier spricht Sebastian Schmidt, hallo, was kann ich für sie tun?"

„Prost. Guten Tag. Wieso wollen sie uns einen reparierten Fernsehapparat anliefern?" Thomas merkte, dass er in zu lautem, aggressiven Ton sprach und fuhr etwas leiser fort, „wir haben doch hier einen zu stehen und der sollte in unserer Wohnung repariert werden."

„Entschuldigen sie, sagen sie mir doch bitte erst einmal ihre Auftragsnummer. - Aha, Herr Prost aus Bennstedt? - Ein Fernseher mit dieser Artikelnummer, die hier in ihrem Auftrag angeführt ist, steht bei uns in der Werkstatt. - Was steht dann bei ihnen in der Wohnung?"

Jetzt schwieg Prost und seine Gedanken kurbelten … Bevor er antworten konnte sagte sein Gesprächspartner, „vielleicht ist es das Beste, wenn wir ihren Apparat abholen lassen?"

Prost war entsetzt. „Warum denn das? Es sollte doch ein Monteur ins Haus kommen. Geht das denn nicht mehr?"

„Natürlich machen wir das, Herr Prost, aber was ist mit der Artikelnummer?"

Prost ging langsam ein Seifensieder auf und er sagte schnell, „hören sie, ich habe ein transportables Telefon in der Hand und gehe jetzt runter und lese die Nummer vom Apparat ab. Wo steht die denn?"

„Auf der Rückseite, rechts unten."

„Okay, ich bin gleich da. - Also die Nummer lautet 50-987 000 123."

„Sehen sie, die letzten drei Zahlen sind verkehrt. Hier steht 321. Also, ich löse jetzt einen neuen Auftrag aus und der Monteur meldet sich dann telefonisch bei ihnen an. Alles klar?"

„Ja, alles klar. Entschuldigen sie, es war mein Fehler."

Nachdem Prost aufgelegt hatte, ging er zu seiner Frau. „Ich glaube ich muß mich notschlachten lassen. Ich habe der Werkstatt die Nummer des ersten Fernsehers gegeben und den haben die natürlich bei sich in der Werkstatt stehen, weil das Geschäft ihn ja dahin geschickt hat. Verdammt, ich werde alt und tüttelig."

Marie-Luise konnte sogar schon wieder ein bisschen lachen. „Das sage ich doch schon die ganze Zeit, aber du hörst mir ja nie zu."

Die zwei entspannten sich ein wenig. Zwei Tage später rief eine Frau an und teilte mit, dass der Monteur in sechs Tagen, um die Mittagszeit, bei den Prosts eintreffen würde.

Inzwischen hatte Thomas Zeit gehabt sich ein digitales Koaxialkabel und einen Adapter zu kaufen. Auf der Rückfahrt vom Geschäft war er schon sehr gespannt, ob die digitale Verbindung vom Fernsehapparat zur Surroundanlage nun funktionieren würde, ja dann...

Aber da war ja auch noch das Auto mit seiner Macke.

Seit es die Startprobleme mit dem Skoda gab, sah Prost häufiger als sonst auf die Anzeigen im Armaturenbrett, weil er im Stillen hoffte, dort vielleicht einen Hinweis zu erhalten.

‚Was ist denn mit der Wassertemperatur los? Wie kann die beim Fahren denn wieder abfallen? Da stimmt doch etwas nicht'.

Prost hatte an seinem alten Moskwitsch viel herumbasteln müssen und kannte sich deshalb etwas mit der Technik aus.

‚Mensch, das könnte doch die Ursache für das schlechte Anspringen des Motors in so einem Zwischenstadium von kalt und warm sein', ging es ihm schlagartig durch den Kopf, weil er natürlich wusste, dass der Startvorgang heutzutage elektronisch gesteuert wurde, aber mit falschen Messwerten konnte das nichts werden.

Zu Hause angekommen, rief er sofort die Werkstatt an, noch bevor er die digitale Audioanlage testete

Der Werkstattmeister sagte lakonisch, „ja, das ist gut möglich, dass der Thermostat die Ursache ist. Am besten sie bringen das Auto gleich her."

Bisher hatte dieser KFZ-Spezialist kein Wort in der Richtung verlauten lassen. ‚Schwache Leistung', dachte Prost, doch das positive Gefühl, dass eine belastende Situation geklärt sein könnte, überwog.

Er fuhr das Auto zur Werkstatt, lief die 7 km gemeinsam mit seinem Hund, den er fast überallhin mitnahm, zurück nach Bennstedt und testete die digitale Verbindung Fernseher - Surroundanlage.

Es funktionierte einwandfrei.

‚Wow', dachte Prost, ‚wenn das so weitergeht, dann kann das ja eine Superwoche werden.'

Am nächsten Tag holte er das Auto wieder aus der Werkstatt ab.

Der Thermostat war für 220 Euro gewechselt worden und der Meister meinte, „jetzt müsste wieder alles ordentlich funktionieren."

‚Na toll', dachte Prost, , das hätte schon zwei Monate früher der Fall sein können.'

Am Donnerstag kam der Fernsehmonteur und wechselte die Hauptplatine aus. Es dauerte nicht länger als dreißig Minuten. Die meiste Zeit brauchten die Prosts anschließend, um die Sender alle wieder neu zu installieren. Aber jetzt waren sie ja schon Profis.

Als sie fertig waren, sah es so aus, als würde alles funktionieren.

Sie lehnten sich genussvoll in ihren Sesseln zurück.

Das Auto war wieder voll funktionstüchtig, der Fernsehapparat repariert und die alte Surroundanlage empfing die digitalen Audiosignale des Fernseher, was zu einem tollen Soundeffekt führte.

Alle Probleme waren gelöst.

Marie-Luise dachte: ‚Noch so ein Theater überstehe ich nicht. Das muß nun bis an mein Lebensende reichen, aber das Bild ist wirklich wunderbar. Die Sache mit dem Sound hätte nicht unbedingt klappen müssen'.

Prost dachte: ‚Dieser Sound ist ja sagenhaft. Toll, dass mir das gelungen ist ...'

Plötzlich holperte beim Sender Sat.1 der Ton. Prost schaltete auf einen anderen Sender. Dort war auch der Ton okay. Wieder zurück zu Sat.1 und der Ton holperte wieder.

„Jetzt haben wir das nächste Problem", sagte Prost emotionslos zu Marie-Luise, aber in ihm brannte es lichterloh. Der Monteur war natürlich schon weg. Prost stürzte zum Telefon und ließ Marie-Luise als kleines Häufchen Elend zurück.

Es ist schon tief beeindruckend, wie nur ein paar kleine Sprachaussetzer geruhsames Fernsehen total zerstören können, ja es war sogar schlimmer als der erste Mangel mit den sich wiederholenden Komplettausfällen.

Prost wählte die Nummer der Werkstatt, die auf dem Reparaturauftrag stand. Die Warteschleife war nur ganz kurz und er hatte den Werkstattmeister am Apparat. Der ließ keinen Zweifel daran, dass Prost geholfen werden musste und sorgte sofort dafür, dass der ursprüngliche Auftrag nicht abgeschlossen wurde. Das wirkte etwas beruhigend auf Thomas.

Natürlich musste er auch sofort mit der Kabelfirma sprechen, die die Programme ins Netz einspeisten. „Wir kommen morgen gegen 13 Uhr zu ihnen und messen alles durch."

Es wurde eine ziemlich schlaflose Nacht. Ungeduldig wartete Prost am nächsten Tag auf den Mechaniker und der kam Gott sei Dank pünktlich. Die Messungen ergaben keine Mängel, aber der Servicemann kündigte an, dass er für die Sender Sat.1, Pro7, Kabel1, N24 und noch drei weitere die Einspeiseeinheit ins Netz Montag oder Dienstag, spätestens Mittwoch auswechseln würde. Trotzdem erhielten die Prost von dem Mechaniker einen Auftrag: „Es wäre gut, wenn sie bis dahin vorrangig die von mir genannten Sender sehen würden, damit wir so eine

Bestätigung erhalten, ob das Audioproblem denn tatsächlich an der Einspeisung der Frequenzen in dieses Kabelnetz liegt."

Gläubig nickten die Prosts. „Wir machen alles, wenn wir nur bald diese Sorgen los sind."

Am Freitagabend sagte Thomas zu seiner Frau, „je mehr ich darüber nachdenke, umso klarer wird mir, dass die Ursache tatsächlich nur bei der Kabelfirma liegen kann. Also wird Anfang nächster Woche das Problem endgültig behoben sein."

Marie-Luise nickte, „das denke ich auch. Also können wir uns entspannen?"

Thomas nickte zwar, aber er sagte, „kannst du bei diesen Programmen, die wir uns jetzt ansehen sollen, entspannen?"

Seine Frau hatte wohl beschlossen optimistisch zu sein, denn sie bemerkte mit einem Anflug von Lachen, „'sechsfache Mutter sucht ihren Vater' oder ‚Zwei und ein halber Mann', da verstehe ich schon den Titel nicht. Was will die sechsfache Mutter - ich bin ja nur eine vierfache - von ihrem Vater? Eigentlich hat sie doch genug mit ihren Kindern zu tun. Und was ist eigentlich ein halber Mann? Früher hätte ich gedacht, dass das nur ein Opfer eines Unfalls sein könnte, aber heute ist das ein zu dicker Kinderfernsehstar. Seltsam."

Das Wochenende verging relativ schnell trotz des nervenden Fernsehapparates. Nicht einmal einschlafen konnte man jetzt mehr vor diesem Ding, weil das Lauern auf den nächsten Tonausfall die beiden wachhielt.

Montag passierte nichts.

176

Na ja, dann am Dienstag.

Auch am nächsten Tag keine Veränderung.

Mittwoch hatten die Prosts das Gefühl, dass die Tonstörungen häufiger geworden waren und auch ihren Charakter verändert hatten.

Kurz nach 16 Uhr stand Prost genervt auf, ging zum Telefon, wählte die Nummer der Kabelfirma und vernahm den Automaten: „Sie rufen außerhalb unserer Geschäftszeiten an. Die Öffnungszeiten sind …"

Prost knallte wütend den Hörer auf die Gabel.

Um 17 Uhr klingelte das Telefon. Die Kabelfirma teilte mit, dass sie das besagte Teil ausgewechselt hätten.

Prost antwortete entnervt, „aber jetzt sind die Störungen eher mehr geworden, zwar etwas anders, aber eigentlich stärker als vorher."

Thomas fühlte sich, nun schon zum wiederholten Mal in letzter Zeit, am Boden zerstört. Er teilte seiner Frau emotionslos das Ergebnis des Gespräches mit und ging in sein Zimmer. Automatisch griff er hier zum Telefon, überstand den Automaten der Fernsehfirma und hatte nach sechs Minuten wieder einen lebendigen Menschen am Telefon. Nachdem er diesem ebenfalls das Ergebnis der Untersuchungen der Antennenfirma mitgeteilt hatte, musste er wieder Fragen beantworten. Während des Telefonierens dirigierte ihn der Servicemann an den Fernsehapparat. Dort musste er im Menu unter Konfiguration das Audioformat kontrollieren. Die Auswahl lag wischen Standard und erweitert. Das Werk hatte erweitert voreingestellt und das fand der Kollege richtig so. Als

Prost seinen alten Receiver erwähnte, erhielt er von diesem Fachmann auch einen Auftrag: „Schalten sie übers Wochenende diesen Receiver dazwischen, dann werden wir ja sehen, ob die Audiostörungen vom Kabelnetz kommen oder die Ursache doch beim Fernseher liegt. Bitte melden sie sich dann am Montag wieder."

Prost musste das so hinnehmen, was hätte er sonst tun können?

Das Schlimme an der Situation war ja, dass er seine Gedanken sowieso nicht von diesem Problem lösen konnte. Erst recht nicht, wenn er sich vor den Fernsehapparat setzte. Dabei wollte er ja gerade da entspannen, von den anderen Dingen abgelenkt werden, ja, vielleicht auch ein bisschen einnicken. Damit war es vorerst vorbei. Kaum setzte er sich in seinen Sessel vor diesen Bildschirm mit dem wunderbaren, großen und scharfen Bild, fing sein Herz wie wild an zu klopfen und alle seine Sinne lauerten auf den kommenden Tonausfall.

Von seinem Spaziergang mit seinem Hund am nächsten Tag kam Prost wieder mit neuen Gedanken zurück: Test mit altem Kabelreceiver zum Fernseher und von da über digitales Koaxialkabel - Adapter - optical Kabel zum Surroundreceiver.

Test mit altem Kabelreceiver nur für den Ton - optical Kabel zum Surroundreceiver. Bild vom Fernseher.

Wechsel des Surroundreceivers. Prost besaß eine zweiten Stereoreceiver, den er in seinem Arbeitszimmer stehen hatte. Dieser war zwar etwas leistungsschwächer, aber er verfügte sowohl über optical als auch Koaxialkabelanschluss. Test mit Ton und Bild vom Fernseher und von da über digitales Koaxialkabel zum 2. Surroundreceiver.

Testen, ob die eingebauten Lautsprecher des Fernsehers die Tonaussetzer auch mitmachten oder, ob es nur ein Fehler des digitalen Audioausgangs des Fernsehapparates war.

Das alles wollte er am Wochenende testen und dann vom Servicedienst der Firma Philips eine erneute Reparatur verlangen.

Noch am Freitag erkannte Prost, dass der Ton auch holperte, wenn er den Weg vom alten Kabelreceiver über den neuen Apparat zum Audioreceiver stellte, während es bei der Verbindung direkt vom Kabelreceiver zur Surroundanlage keine Tonprobleme gab. Das hatte er ja eigentlich auch schon früher festgestellt. Sonnabend früh wechselte er die Surroundreceiver. Das machte Mühe, denn immerhin sind an dieses Gerät 6 Lautsprecher, alle mit zwei separaten Strippen angeschlossen. Außerdem standen solche Sachen ja immer in einer Ecke, wo man dann ganz schlecht an die Anschlüsse herankam.

Prost war fast stolz auf sich, dass er schon nach einer halben Stunde fertig war und tatsächlich alles funktionierte. Es gab am Sonnabend keine Tonausfälle mehr. Als die beiden Prosts an diesem Abend ins Bett gingen, waren sie beide der Meinung, dass sie jetzt Ruhe haben würden.

Doch schon am Sonntagmorgen befielen Prost Zweifel. Es wollte ihm nicht einleuchten, dass der Adapter für die Verbindung der digitalen Kabel koaxial und optical, schuld an den Tonproblemen sein sollte. Er wusste zwar nicht genau, wie diese Aggregat aufgebaut war, aber Prost fand die ganze Sache dennoch unlogisch. Dementsprechend gespannt saß er auch am Nachmittag und Abend vor dem Apparat. Fast glaubte er schon, dass sein Gefühl ihn narrte, als um 20:31 der Ton drei Sekunden ausfiel.

‚Also doch', dachte Prost und sagte laut, „wir haben unser Problem immer noch."

Marie-Luise blieb ruhig. „Das kann doch auch ein Zufall gewesen sein."

Prost glaubte nicht daran. Also musste er nun nur noch prüfen, ob auch die im Fernseher installierten Lautsprecher ebenfalls ausfallen. Doch an diesem Abend passierte nichts mehr. Prost hatte wieder eine ziemlich schlechte Nacht vor sich.

Am Montagmorgen fühlte der Mann sich ziemlich zerschlagen, aber sein morgendlicher Lauf zum Bäcker, zwei Kilometer hin und zwei wieder zurück, hatte ihn, wie schon so oft, wieder erfrischt und mit neuem Schwung für den Tag ausgerüstet.

Seit einem Jahr ließ Prost seinen Hund bei diesem Morgenlauf zu Hause. Max war in den letzten Wochen immer langsamer geworden, obwohl er gesund war. Ja, er blieb immer wieder stehen und das Herrchen hatte Mühe ihn zum Weitergehen zu überzeugen. Zwingen wollte er ihn auf keinen Fall und so entschloss er sich, seinen Hund zu Hause zu lassen. Offensichtlich war Max dieser Lauf einfach zu früh. Wenn Herrchen am frühen Morgen das Haus verließ, drehte das Tier sich wohlig auf die andere Seite und schlief weiter.

Eigentlich hasste es Prost schon am frühen Morgen Fernzusehen, aber er wollte möglichst schnell wissen, was er nun definitiv dem Servicecenter der Firma Philips sagen konnte und so schaltete er schon um 8 Uhr den Apparat an.

Nach einer Stunde hatte er die Schnauze voll. Die Programme waren für seinen Geschmack einfach zum Kotzen und der Ton zeigte keine Mängel.

Komischerweise hatten die Prosts schon zu Beginn der Tonstörungen gemerkt, dass am Tage und insbesondere am Wochenende die Aussetzer viel geringer waren. Das hatten sie anfangs der Belastung des Kabelnetzes zugeschrieben, aber sie wussten jetzt, dass das ein Irrtum gewesen war.

Thomas fand keine plausible Erklärung.

Zwischen 16 und 17 Uhr traten wieder Tonstörungen auf. Fast freute sich Prost darüber, denn er konnte dabei auch feststellen, dass die Lautsprecher des Apparates nicht aussetzten. Er ging sofort in sein Arbeitszimmer, rief die Servicenummer von Philips an, wartete, bis die Reklame und die Erklärung vorbei waren und tippte die 1 für LCD und Plasmabildschirme ein.

Bereits nach drei Sekunden meldete sich ein Servicemann. „Hier ist der Servicedienst von Philips, Christian Weise, was kann ich für sie tun?"

„Hier ist Prost, ich möchte ein paar Ergänzungen zu der von mir gemeldeten Störung an meinem Fernseher melden, damit sie dann aktiv werden können."

„Okay, die Auftragsnummer bitte."

Prost nannte sie.

„Gut Herr Prost, sagen sie mir bitte ihre Adresse?"

Prost tat auch das.

„Also, ich lese hier, dass sie Probleme mit dem Ton haben, immer mal wieder Aussetzer?"

„Ja und seit heute weiß ich auch, dass nur der Audioausgang betroffen ist, denn die Lautsprecher des Apparates stottern nicht."

„Okay, ihre Anlage ist etwas älter?"

„Ja, das ist sie, aber sie ist geeignet für digitalen Betrieb und sie ist auch voll funktionstüchtig. Das habe ich getestet."

„Ja, okay, dann machen sie doch mal folgendes, Herr Prost, gehen sie ins Menu des Apparates …"

„Moment", unterbrach Prost den Servicemann, „dazu muß ich erst ins Wohnzimmer gehen. Aber das ist kein Problem. Ich bin schon unterwegs. - Einen Moment, jetzt schalte ich den Apparat an. - Sie wissen ja, dass das bei einem Philips Apparat ein bisschen länger dauert. - So jetzt bin ich im Menu."

„Gehen sie auf Sender konfigurieren."

„Habe ich."

„Jetzt auf den Punkt Audioeinstellungen. Dann weiter auf den Punkt Audioformate. Haben sie?"

„Ja, da steht der Balken auf erweitert."

„Gut, dann stellen sie jetzt Standard ein."

„Standard ist - tatsächlich, es hat sich etwas am Ton, am Klang geändert."

„Bestätigen sie mit okay. Jetzt sind sie die Tonprobleme los."

Prost drückte auf okay. Es änderte sich nichts mehr, aber der bereits eingetretene veränderte Klang blieb erhalten und Thomas hatte auch das Gefühl, dass diese Veränderung positives bewirkt hatte. Trotzdem konnte er nicht glauben, dass die Lösung so einfach sein sollte. Einer der Servicemänner hatte das ja genau umgedreht gesagt.

„Das soll jetzt wirklich die Lösung sein, warum?"

„Sehen sie, ihre etwas ältere und sicher hervorragende Anlage, kann mit dem erweiterten Audioformat nichts anfangen, im Gegenteil, sie gerät ins Stolpern. Das dürfte nun vorbei sein."

„Das kann ich gar nicht glauben. Wir kämpfen schon zehn Tage damit."

„Sie werden es gleich merken Herr Prost. Sollte trotzdem noch etwas sein, dann rufen sie eben einfach wieder an, okay?"

„Ja, das klingt gut. Danke, ich hoffe trotzdem, dass ich sie nicht mehr anrufen muß. Auf Wiederhören."

„Tschüss und alles Gute."

Prost starrte seinen Fernseher an.

Er drehte den Ton lauter und wieder leiser.

Irgendwie klang die Sprache jetzt glatter.

Bildete er sich das nur ein?

Nein, es hatte eine Veränderung gegeben und die Erklärung des Servicemannes leuchtete ja auch ein.

Warum hat der andere Kollege das nicht erkannt?

‚Egal', dachte Prost, ‚es sieht wirklich so aus, als wäre unser Problem nun gelöst. Der große Felsblock, der seit Tagen auf Prosts Herz lag, verlor erheblich an Gewicht. Es würde wohl trotzdem ein paar Tage dauern, bis der Druck vollständig beseitigt sein würde.

Am 12. Oktober hatten sie den Apparat gekauft. Heute, am 29. November, also 45 Tage danach, war der Apparat vollständig einsatzbereit. Das war immer noch besser, als die Fehlerbeseitigung an seinem Auto, denn die hatte 74 Tage gedauert.

Marie-Luise nahm die Nachricht relativ gelassen auf.

Das wunderte Prost, aber scheinbar hatte sie die Tonproblematik nicht ganz so belastet wie ihn. Er wusste ja, dass Marie Luise im Gegensatz zu ihm auf die Surroundanlage auch gut und gerne verzichten konnte. Was Prost nicht merkte war, dass Marie-Luise sehr wohl bemerkt hatte, wie ihn diese Problematik belastet hatte und sie deshalb jetzt erleichtert feststellte, dass ihr Mann zusehends ruhiger und wieder ausgeglichener wurde. Das freute sie ungemein und machte sie fröhlich und beschwingt. Das sollte Thomas beim Billardspielen zu spüren bekommen, denn sie war durch diese Veränderungen so beschwingt, dass sie locker und leicht das Queue bediente und ihren Mann in beiden Spielen besiegte. Sie sah ihm an, dass er sich wieder ärgerte, aber trotzdem hatte sein Gesicht einen ganz andren Ausdruck als noch vor ein paar Stunden.

Sie musste sich keine Sorgen mehr um ihn machen.

Max Balladu - Der Kreis

*(Frei verfasst nach Brechts ,Kaukasischem Kreidekreis',
bzw. der Bibel, Altes Testament ,Das 1. Buch von den Köni-
gen')*

V-Fabrik, Montag 17. Juni 2002

„Hey Doc, früher gab's an diesem Tag Feiertagszuschlag!"

„Wie meinst du das, Emil?" Prost schüttelte Balla die Hand und ging weiter zu Adler, ohne auf eine Antwort zu warten.

„Wir haben Aufstand gemacht und die Westdeutschen bekamen jährlich einen zusätzlichen Feiertag", lärmte Balla hinter Prost hinterher.

Der Betriebsleiter drehte sich kurz um, „du warst damals doch gerade mal zwei Jahre alt, Emil. Konntest du da überhaupt schon laufen?"

„Außerdem wurde der Feiertag doch bereits 1990 wieder abgeschafft", ergänzte Adler, während er Prost die Hand schüttelte, „wir haben davon nach der Wende nichts mehr gehabt."

„Du sowieso nicht, Jonny", Balla zeigte mit der Hand auf seinen Kollegen, „du warst 1990 doch noch in der Krabbelgruppe."

„Außerdem ist ab heute ja eher Trauertag", bemerkte Günther Hossa und beobachtete interessiert seine Kollegen.

Tatsächlich drehten die meisten neugierig ihren Kopf in seine Richtung.

„Wieso?", fragte Balla als Erster, „sind die Aktien von OPA schon wieder gefallen?"

„Ich habe keine Aktien!" Der bullige Anlagenfahrer winkte mürrisch ab.

„Oder ist wer gestorben, Günther?", fragte die kleine Streller.

Hossa zeigte demonstrativ auf die kleine Anlagenfahrerin, „du hast es erraten, Kecke. Fritz Walter ist heute gestorben."

„Wer soll das denn sein?" fragte die rothaarige Frau vorschnell und duckte sich sofort, weil Hossa sie böse ansah.

„Der Kapitän der deutschen Fußballmannschaft 1954 bei der Weltmeisterschaft?" fragte Adler vorsichtig.

„Genau Jonny", Hossa nickte lächelnd seinem jungen Kollegen zu, „der hat seine Truppe zusammengehalten, ohne sich selbst in den Vordergrund zu schieben. Ohne Fritz Walter wären die Deutschen 1954 auf keinen Fall Weltmeister geworden."

„Wichtig war damals wohl ebenso", ergänzte Prost diesen Gedanken, „dass der Trainer Sepp Herberger genau das auch erkannt hatte. Die Teamstärke hat die Deutschen zum Sieg geführt."

„Na dann brauchen wir daraus ja auch keinen Trauertag zu machen", meldete sich wieder Balla zu Wort, „sondern einen Gedenktag für den Teamgeist."

„Das ist keine schlechte Idee, Emil, denn das gilt für sehr viele Menschen …" Die Alarmhupe ließ den Betriebsleiter verstummen.

Die meisten Anlagenfahrer sahen zu den Bildschirmen des Prozessleitsystems, während andere zu ihren Helmen griffen.

186

„Der Elmo in der C-Destillation 2 ist ausgefallen", sagte die Paulus, „Fritz geht's du mal …"

„Bin schon unterwegs", antwortete der Angesprochene, warf sich den Helm auf den Kopf und verließ den Kontrollraum.

Die Gesprächsrunde zerstreute sich.

Prost trat dichter an Adlers Leitstation heran. „Wie geht es deiner Tochter, Jonny?"

Der junge Mann winkte resigniert ab. „Die bekomme ich überhaupt nicht mehr zu sehen. Meine Ex ist total bescheuert!"

Weil Prost schwieg, fügte er noch hinzu, „am liebsten würde ich sie mit Gewalt …" Es war wohl das letzte Wort, das ihn verstummen ließ.

Nach kurzem Schweigen sagte Prost, „ich will dir mal eine kleine Geschichte erzählen, Jonny." Der Ingenieur zog einen Stuhl zu sich heran und setzte sich neben Adler.

Zwei etwa dreißigjährige, offensichtlich sehr erregte Frauen, erschienen mit einem zehnjährigen Kind im Amtsgericht und wollten dringend einen Familienrichter sprechen.

Die beiden Frauen überfielen den Herbeigerufenen, noch sehr jungen Justizangestellten mit einem hektischen Wortschwall.

„Mia ist meine Tochter!" sagte die eine.

„Nein! Sie ist meine Tochter!" widersprach die andere.

„Ich habe sie geboren", betonte die erste.

„Aber ich habe sie aufgezogen!" erwiderte die zweite."

187

„Aber mir steht das Erbe zu!" betonte die Ehefrau.

„Ich brauche das Geld nicht, wenn ich nur …"

„Bitte beruhigen Sie sich meine Damen!" Der Jurist hob beschwichtigend beide Arme. „Und sagen sie mir, wie wir ihnen hier im Amtsgericht helfen könnten?"

„Sie müssen meiner Haushaltshilfskraft klarmachen, dass nur ich die Mutter …"

„… obwohl nur ich …"

„Moment, Moment! So geht das doch nicht", versuchte wieder der junge Richter zu Wort zu kommen.

Aber die Frauen ließen ihn nicht weitersprechen.

Die eine beschimpfte den Mann, während die andere, das Kind an ihre Brust drückend, denselben verzweifelt anflehte, ihr das Kind zuzusprechen.

Beide waren sich einig bei dem Vorwurf, dass er, der Richter, sich nur vor seiner Verantwortung drücken wolle.

Diese Worte trafen den Mann, er fühlte sich verletzt und das verschlug ihm vorerst die Sprache.

Der zwar noch sehr junge und unerfahrene, aber keineswegs dumme Jurist, komplimentierte die Mütter zusammen mit dem Kind in ein kleines, leerstehendes Büro.

Erst als alle drei saßen verstummten die Frauen und sahen erwartungsvoll auf den Richter.

„Bitte beschreiben sie mir Ihr Anliegen", und weil die zwei wieder gleichzeitig zu reden anfingen, fügte er mit lauter Stimme noch hinzu, „aber bitte eine nach der anderen!"

Er wandte sich zuerst an die, die ihn direkt beschimpft hatte, „vielleicht könnten Sie beginnen?", drehte seinen Kopf zu der, ihn immer noch flehentlich ansehenden Frau „und sie können gleich anschließend aus ihrer Sicht ergänzen. Okay?" Der Mann sah zwischen beiden hin und her.

Er hatte wohl die richtige Taktik gewählt, denn die Frauen setzten sich bequemer hin und die erste begann zu berichten.

Kurz nachdem die zweite ihren Bericht beendet hatte, rekapitulierte der Rechtsanwalt die wichtigsten Aussagen, so wie er das Anliegen verstanden hatte.

Die eine, Anna, hatte ein Studium an einer Kunsthochschule abgeschlossen und arbeitete pro forma im Textilbetrieb ihrer Eltern. Die Frau wirkte auffallend schön, obwohl auch zu sehen war, dass sie dabei mit künstlichen Mitteln energisch nachgeholfen hatte. Sie kleidete sich nach der neuesten Mode und dekorierte sich, ohne Kosten zu scheuen, aber sehr geschmackvoll, mit eleganten Schmuckstücken. Die Männer drehten sich nach ihr um.

Die andere, Lisa, hatte nur die Grundschulbildung absolviert, denn ihre Eltern waren arm und sie musste und wollte das auch, schnell Geld verdienen. Sie trug nur alte, abgetragene Kleidung und der einzige Schmuck, den sie trug, war eine kleine Halskette, die offensichtlich von einem Kind auf einfache Weise gefertigt worden war.

Diese Frau wirkte heute, verstärkt durch ihren Kummer, besonders grau und unscheinbar. Keiner drehte sich nach ihr um. Nur Hunde und Katzen ließen sich gern von ihr streicheln. Und obwohl sie immer freundlich, bescheiden und hilfsbereit war, hatte sie nur wenige Freunde.

Die schöne, reiche Anna hatte das Kind zwar geboren, aber sich nie darum gekümmert. Obwohl es an anspruchsvollen Aufgaben im familieneigenen Betrieb nicht fehlte, lehnte sie jede Mitarbeit ab, weil sie auch so über genug Geld verfügen konnte. Sie wohnte mit ihrem viel beschäftigten Mann in einem großen Haus und die arme, farblose Lisa war ihre Reinigungskraft, Haushaltsgehilfin, aber insbesondere das Kindermädchen. Als solches kümmerte diese sich auch rund um die Uhr um das Kind. Dafür durfte sie in dem großen Haus ein schmales Zimmer, neben dem Kinderzimmer bewohnen, und erhielt einen Wochenlohn von 70 Euro.

Statt sich auch nützlich zu machen, zog die schöne Anna es vor einkaufen zu gehen, an Partys teilzunehmen oder dazu einzuladen, Theatervorstellungen, Konzerte sowie Kunst-Ausstellungen zu besuchen und allein weite Reisen zu unternehmen.

Als das Kind älter geworden war, musste das Dienstmädchen Lisa in den Keller des großen Hauses umziehen. Immer häufiger hielt sich das Kind deshalb unten auf und in den letzten drei Jahren schlief es auch dort zusammen mit der, aus ihrer Sicht wohl wahren Mutter. Die beiden wurden unzertrennlich und machten fast alles gemeinsam. Mia half ihr bei der Hausarbeit und beim Kochen. Sie erledigten gemeinschaftlich die Schulaufgaben, spielten gemeinsam, gingen spazieren, aßen, tranken und schliefen zusammen. Jeder in dem kleinen Städtchen sah die beiden immer Hand in Hand und fast alle glaubten, dass Lisa die eigentliche Mutter des Kindes war.

So vergingen die Jahre bis - ja - bis Annas Ehemann plötzlich starb.

Die dadurch entstandene Situation kulminierte durch das Testament, denn es besagte, dass das gesamte Vermögen dem Kind zugesprochen wird.

Genau in diesem Moment erinnerte sich die Ehefrau wieder daran, dass das ja eigentlich ihr Kind war.

Sofort wollte Anna daraufhin Mia holen, um mit ihr wegen der Erbschaft zum Rechtsanwalt zu gehen. Doch Lisa weigerte sich das Mädchen herauszugeben. Nach langem unfruchtbaren Streit, der das Kind mehrfach zum Weinen brachte, einigten sich die Frauen darauf, gemeinsam zum Amtsgericht zu gehen.

Und da saßen nun alle drei, ein Kind und zwei Mütter, erwartungsvoll vor dem Richter.

„Was würdest du entscheiden, Jonny und wovon würdest du dich leiten lassen?"

„Eigentlich ist es doch klar, dass die so genannte leibliche Mutter das Kind erhält, weil es das Gesetz so vorsieht."

„Ist es aber nicht so, dass die Gesetze für den Menschen da sind und nicht der Mensch für die Gesetze? Natürlich ist Selbstjustiz keine Lösung. Aber Versuche, sich außerhalb von Gerichten zu einigen, sollte man viel mehr in Erwägung ziehen. Daran dachte auch der Richter in meiner Geschichte, weil ihm schon klar war, dass in diesem speziellen Fall die nach Gesetzen funktionierenden Gerichtsorgane formal handeln, also der leiblichen Mutter das Kind zusprechen würden. Doch war das auch in diesem Falle richtig?"

Wortlos stand der junge Richter auf, griff sich ein Stück Kreide, das auf dem Bord einer kleinen Wandtafel lag und zeichnete einen zwei Meter großen Kreis auf den Fußboden zwischen den Frauen und der Eingangstür.

Dann nahm er das Mädchen an der Hand, führte es in die Mitte des Kreises, „bitte bleibe hier stehen", und wandte sich den angeblichen Müttern zu.

„Bitte stellen sie sich beide, die eine da", er zeigte an den Rand des Kreidekreises links vom Mädchen, „und die andere dort," der Richter wies mit der Hand auf die zweite Frau und dann auf den Platz gegenüber der Rivalin, sodass für beide der Weg zum Kind gleich groß war.

„Bitte hören sie mir gut zu. Ich werde jetzt bis Drei zählen. Beim Nennen der letzten Zahl versucht jede von ihnen so schnell, wie möglich das Kind auf seine Seite zu ziehen, ohne den Kreis zu betreten. - Haben sie verstanden?"

Er wartete das Nicken der gespannt wartenden ab und begann dann langsam zu zählen.

„Eins - zwei - drei!"

Beide Frauen ergriffen fast gleichzeitig je einen Arm des Mädchens. Doch während Anna das Kind nun herrisch an sich riss, ließ Lisa das Mädchen schnell los, um ihm nicht wehzutun. Triumphierend sah Anna zum Richter, ohne zu bemerken, dass Mia voller Sehnsucht zur schluchzenden Lisa sah.

Der junge Richter schüttelte traurig seinen Kopf. „Sie Anna, haben das Kind zwar an sich gezogen, aber trotzdem nicht im Interesse des Mädchens gehandelt. Denn Lisa hat nur losgelassen, weil sie dem Kind nicht wehtun wollte und das war in dieser Situation genau das Richtige. Sie ist die bessere Mutter." Der Mann hob schnell beide Arme kurz an, um Annas Einspruch zu verhindern und fuhr dann fort, „trotzdem kann ich ihr allein das Kind genauso wenig zusprechen."

Der Mann wandte sich an das Mädchen. „Wo und wie fühlst du dich denn am wohlsten?"

„Es soll alles so bleiben, wie es vorher war."

„Über diese Antwort sollten sie beide nachdenken. Mia hat offensichtlich zehn Jahre glücklich in dem gemeinsamen Haus gelebt. Dabei war ihr das Geld überhaupt nicht wichtig. Liebe kann man nicht und schon gar nicht die Liebe eines Kindes, mit Geld erzwingen. Deshalb ist unwichtig, was mit dem Erbe passiert. Wichtig ist nur, was für Mia gut ist."

Diese Geschichte steht schon so ähnlich, nur viel blutrünstiger, in der Bibel und wird auch in anderen Ländern in ähnlicher Form erzählt. Natürlich ist es nur eine Parabel, aber sie regt doch zum Nachdenken an, nicht wahr, Jonny?"

Der junge Mann nickte nachdenklich. „Ja, ich glaube, ich verstehe, was du meinst."

Max Balladu - Das Altersheim

Kleine Überlegungen von Max Balladu zum Altwerden

Mit fünfzig denkt der Mensch Balladu sich sein Altersheim in eine paradiesische Umgebung hinein, direkt am Meer gelegen mit langen, breiten Sandstränden und hügeligen, kilometerlangen, bewaldeten Wanderwegen.

Mit siebzig ahnt er schon, dass die Wanderwege nicht gar so lang und möglichst auch nicht hügelig sein sollten.

Mit jedem weiteren Jahr wird der gedachte Umkreis für das Altersheim bescheidener.

Schneller als erwünscht kommt die Zeit, da schafft es der altersschwache Balladu gerade noch nach dem Mittagessen aus dem Heim heraus, um zur nur hundert Meter entfernten Bank im kleinen, aber feinen Park zu trippeln. Kaum ist er da angekommen, muss er sich schon wieder eilig auf den Rückweg machen, damit er zum nachmittäglichen Kuchen essen nicht zu spät kommt.

Welche Rolle spielt dann noch der Wald oder der lange, breite Strand? -

Aber ein Blick aufs Meer wäre trotzdem nicht schlecht, zumindest findet das Balladu.

194

Anni Kloß - Revolution auf ostdeutsch

1945-**1989**-2018

Weg mit der Ausbeutung, nie wieder Krieg.
Arbeit für jeden. Das ist unser Sieg.
So begrüßt dich das Leben nach schwerer Zeit.
Das soll auch so bleiben in alle Ewigkeit.

Du denkst an das Gute und preschst weit voran.
Nichts, was dich im Moment aufhalten kann.
Stößt du auf Widerstand, dann brichst du ihn schnell.
Der Schatten verschwindet. Es wir wieder hell.

Doch der Feind steht in den eigenen Reihen.
Bereit, dich für ihn, dem Tode zu weihen.
Für den kleinen Mann könnt ich schon sterben.
Die Führer aber bringen alle ins Verderben.

Sie verdrehen den Sinn. Erpressen die Keinen
Und kaufen die Andern – zur Macht nur für den Einen.
Wer nicht mitmachen will wird gezwungen.
Sie reden nicht nur mit Engelszungen.

Die Idee ist verraten von obersten Köpfen.
Sieh doch auf das Volk, um wieder Hoffnung zu schöpfen.
Revolutionäre Gedanken kommen von Osten.
Doch deine Oberen bleiben stur auf ihren Posten.

Alles nur Worte, zu viel Betrug.
Warum sich gedulden? Wir haben genug.
Steh auf, bewege dich, beweis Brüderschaft.

Wir alle zusammen, wir haben die Kraft.

Der Himmel zittert. Das Haus wird erschüttert.
Schon lange nicht mehr war das Volk so verbittert.
Denkt an Störtebeker, Robin Hood und Ben Hur.
Die Fessel zerbricht unter der Millionen Aufruhr.

Die Zeit ist verflogen und damit der Sieg.
Du denkst nun am Abend: Was ist es, was blieb?
Ein Stückchen Geschichte, aber du warst dabei.
So hast du nie wieder gefühlt - so frei!

Anni Kloß - Oktoberzwillinge

*D*er Morgen ist trübe, der Himmel grau.
In der Ferne schimmert es ein bisschen blau.
Wind kommt auf. Die Wolken fliehen.
Kleine Sonnenstrahlen schnell über die Wiesen ziehen.

Ein Tag im Oktober, wie dreißig davon.
Nur einer ist anders, man hört es am Ton.
Aus einem der Häuser – Geschrei ist zu hören.
Es klingt wie ein Chor. Der stammt von zwei Göhren.

Die Mutter ist selig, der Vater ist stolz.
Im kleinen Bettchen schießt man Kabolz.
Auch wird gesungen und das nicht zu knapp.
Es klingt nicht melodisch? – Papperlapapp.

Nicht zu unterscheiden sind die Beiden.
Da kann man sie noch so unterschiedlich kleiden.
Das Rote für dich und das Blaue ist deins.
Sie tauschen die Sachen und lachen sich eins.

Die Eltern daraufhin auf Rache sinnen.
Müssen gut nachdenken, sollen alle gewinnen.
Sie brauchen sich nur an den Gesang erinnern.
Lassen schnell zwei Instrumente zimmern.

Das eine groß und das andere klein.
Sollen ja nicht zu verwechseln sein.
Schon die erste Berührung genügt.
Jede hat sich in ihr Instrument verliebt.

Mit Geige und Cello ist die Verschiedenheit klar.
Doch ohne bleibt die Sache fast wie sie war.
Obwohl ein aufmerksamer Beobachter sieht
Das Temperament macht hier den Unterschied.

Leidenschaftlich singt die Violine.
Das Cello brummt dazu mit fröhlicher Miene.
Es klingt so bezaubernd und verlangt nach mehr.
Ein Tag im Oktober, wie keiner vorher.

Heinz Schubert - Herbstlied

Der Herbst Deines Lebens hat angefangen,
Schnell ist die Jugend doch vergangen.
Jetzt verfliegen die Tage wie Wolkenfetzen.
Du musst Dich dem Herbststurm widersetzen.

Doch kehrt er nie wieder die Jugend hervor.
Wer diese Jahre verpasste, bleibt ewig ein Tor.
Drum sag ich es allen, die Jünger noch sind,
Nutzt die Zeit, die vergeht gar geschwind.

Denn wenn erst im Herbststurm die Blätter verweh'n,
Ist der Sommer dahin, und die Blumen verblüh'n
Dann singst du mit dem Herbstwind das ewige Lied,
Vom Glück, das der grünende Frühling beschied.

Anni Kloß - Weihnachtsgedicht für 4 Personen

(1 Person dänisch und 3 deutsch)

Sohn:
Einmal war ich ein kleiner Zwerg am Heidesee.
Denken an die Schule tut mir nicht mehr weh.
Musste manchmal in der Ecke steh'n.
Was war da nur geschehn'n?

Alle Vergangenheit liegt nun im Süden,
In Form kleinerer oder größerer Etüden.
Manchmal fehlte mir der Berater.
Was sagst eigentlich du dazu, Vater?

Vater:
Oh Tannenbaum, du glaubst es kaum,
fast hätte ich dich auch verhau'n.
Ach, lieber, guter Weihnachtsmann
Schau mich nicht so böse an, ich hab's ja nicht getan.

Frau:
Als nacktes Weib am Heidesee
Fühlt' ich mich wohler als im Winter mit Schnee.
Tagsüber Arbeit, die Kinder danach und nachts der Mann.
Tat ich doch alles, was man als Frau nur tun kann.

Die Vergangenheit lebt weiter in Geschichten,
Die ich den Besuchern erzähle, ohne zu dichten.
Manches ist dabei, was man vergessen kann.
Was sagst eigentlich du dazu, mein Mann?

200

Mann:
Oh Tannenbaum, du glaubst es kaum,
dich hätte ich manchmal auch gern verhau'n.
Doch, lieber, guter Weihnachtsmann
Schau mich nicht so böse an, ich hab's ja nicht getan.

Schwiegertochter:
Spielte mit Karen einst im Sand an der See.
Doch bald waren es Cello und Geige juchhe.
All mein Lernen begleitete die Musik.
Sie ist mir Muse und Motor mit tausend Kubik.

Die Vergangenheit liegt um mich herum.
Ich kann sie sehen, aber sie ist auch nicht stumm.
Es klingt in adagio, allegro und auch mal andant(e).
Was sagst eigentlich du dazu klog gammel mand*)?

Gammel mand:
Oh Tannenbaum, du glaubst es kaum,
dich wollte ich noch nie verhau'n.
Warum lieber, guter Weihnachtsmann,
Schaust du mich trotzdem böse an? Ich hab es nicht getan.

Sohn:
Weggeblasen hab ich manche Sorgen.
Dachte dabei noch nicht an das Morgen.
Obwohl ich schon spürte den Hauch der Musik.
Auch bei meinem Dienst für die Republik.

Die Gegenwart liegt auf Inseln in der See,
Suchen, finden, verwerfen, wo ist die nächste Idee?

Habe jetzt einen anderen Berater.
Und doch, was sagst du dazu, Vater?

Vater:
Oh Tannenbaum, du grüner Baum.
Diesen Menschen kannst du vertrau'n.
Der Weihnachtsmann aber ist noch bös.
Schwingt seine Rute weiter nervös.

Frau:
Nur noch geistige Schönheit, aber auch die manchmal
nackt.
So geht`s auch meinem Partner und das ist der Pakt.
An der Wirklichkeit ist nicht zu rütteln.
Da kann man mit noch so vielen Worten dran schütteln.

Ein kleines Dorf umgibt die Gegenwart.
Idyllisch, ruhig, gar nicht Standard.
Manches ist dabei, was man vergessen kann.
Was sagst eigentlich du dazu, mein Mann?

Mann:
Oh Tannenbaum du grüner Baum.
Ganz so ähnlich war auch mein Traum.
Der Weihnachtsmann scheint immer noch nervös.
Schwingt seine Rute mit gedämpftem Getös.

Schwiegertochter:
Gezogen und geschoben, manchmal zupf ich die Seiten.
Mein Cello muss mich überallhin begleiten.
Die Welt scheint mir beim Musizieren fast klein.
Sie wird schier unendlich denk ich an den Liebsten mein.

Die Gegenwart spiegelt sich in der See.
Ein kleines Schiff, es dreht nach Luv und nach Lee.
Manchmal stringendo, ad libitum oder auch rallentand(o).
Was sagst eigentlich du dazu klog gammel mand?

Gammel mand:
Oh Tannenbaum du grüner Baum.
Eine so schöne Tochter, es ist wie ein Traum.
Weihnachtsmann sei doch nicht zickig.
Schwing deine Rute im Klang der Musik.

Sohn:
Ich komponiere, programmiere und studiere.
Manchmal streck ich auch von mir alle Viere.
Oder ich greife mir Rasenmäher, Boot oder Trecker.
Nach vollbrachtem Werk schmeckt das Essen so lecker.

Die Zukunft sind Sterne am Himmelszelt.
Jeder seine eigene Botschaft enthält.
Wie diese aussieht weiß auch kein Berater.
Oder doch? Was sagst du dazu, Vater?

Vater:
Oh Tannenbaum, man glaubt es kaum.
Die Theorie bildet die Wurzeln, fest steht dann der Baum.
Weihnachtsmann deine Rute fürchtet er nicht.
Fuchtle du nur, er wahrt sein Gesicht.

Frau:
Ich seh in den Spiegel, zum Glück ist er klein.
Er zeigt nur den Kopf, sieht nicht in mich hinein.

Was grau vor Alter ist, das ist ihm göttlich?
Hier irrst du dich Schiller, das klingt eher spöttlich.

Die Zukunft ist zeitlos, ich fühl mich befreit.
Die Kinder der Kinder und deren Kinder gestalten die Zeit.
Bald gehören wir zu dem, was man vergessen kann.
Oder, was sagst du dazu, mein Mann?

Mann:
Oh Tannenbaum, man glaubt es kaum.
Grau ist alle Theorie, doch grün des Lebens goldner Baum.
Weihnachtsmann steck deine Rute ein.
Wir wollen und werden fröhlich sein.

Schwiegertochter:
Mein Cello singt mit den anderen im Chor.
Eigentlich hatte ich doch auch noch etwas anderes vor?
Was war das doch gleich, ich frage den Wind.
Der zaust meine Haare und flüstert ein ...Kind.

Am Horizont hinter dem Meer leuchtet der Zukunft Schein.
Davor das Land, ein Haus – frohe Geräusche rahmen es ein.
Sie klingen giocoso, sostenuto oder auch scherzand(o).
Was sagst du nun klog gammel mand?

Gammel mand:
Oh Tannenbaum, man glaubt es kaum.
Nur mit Theorie gibt es keinen nächsten Baum.

Weihnachtsmann hier brauchst du deine Rute nicht.
Du bekommst doch auch Reisbrei oder isst du den nicht?
*) kluger, alter Mann

Mimi H - Der Zukunftsträger

Hallo, da lieg ich auf dem Gabentisch.
Ach Michael, mach doch kein solches Gesicht.
Schau mich erst einmal richtig an.
Sehe ich nicht sexy aus du Mann?

Nun träume ich schon: in ein paar Tagen,
Wirst du mich an deinem Körper tragen
So richtig mit dir im Schnee spazieren zu geh'n.
Ach wär' das schön.

Anschließend in einer Hütte sitzen
Und nach einem Jägertee so richtig schwitzen.
Da meinst du in einem warmen Land zu sein
Und aalst dich nun im Sonnenschein.

In heißeren Gebieten, wo vielleicht die Palmen sprießen.
Wo mancher Schweißtropfen von dir wird fließen.
Deine liebe Gattin fährt trotzdem mit.
Abnehmen ist doch heute der Hit.

Vielleicht fährst du deiner Frau zuliebe
Auch einmal in winterliche Gefilde.
Du bist doch ein toller Schnäppchenjäger
Das wär so schön - für mich - den Zukunftsträger.

Welch schöne Zeilen welch hohe Konst.
Trotzdem scheint mir, ist bei dir aber alles für umsonst.
Sehe ich mich doch schon im Wäscheschrank sitzen
Und zwischen deinen Minislips schwitzen.

Womöglich muß ich lebenslänglich da drin hocken.

Und am Ende fressen mich noch die Motten.
Ach ja, welch Schicksal steht mir bevor?
Doch halt, noch kann ich hoffen, ich Tor.

Eines Tages wirst du auf leisen Sohlen
Mich doch noch aus dem Schrank rausholen.
Auch du wirst nämlich immer älter
Und deine Glieder immer kälter.

An diesem Strohhalm halte ich mich fest
Und wünsche dir – Michael – ein frohes Fest.

Helene Paetz - Trag dein Leid

*T*rag dein Leid und deine Freude
Nicht der fremden Welt zur Sicht!
Sie macht dir die Freud zu Leide
Und Dein Leid versteht sie nicht.

Laß nicht plumpen Alltagshänden,
Was dir heilig ist und lieb.
Schütz es vor der Neugier Fremder,
Vor des Neides niedrem Trieb.

Was du weis(e) und rein gegeben,
Kommt beschmutzt zu dir zurück.
Was ein Teil von deinem Leben
Scheint dir dann ein fremdes Stück.

Gold der Freude, Heil des Lebens
Alltag will dich klein und grau,
Drum verschließe in dir beides.
Trag es nicht der Welt zur Schau.

Anni Kloß - Schweigen

frei nach ,Reigen' von Ingeborg Bachmann

*S*tille - die Liebe -
Hält manchmal die Ohren
Zu, weil Diebe kommen,
Dein Herz zu durchbohren.

Kalter Rauch aus den Kaminen
Haucht deine Wangen an.
Es hielt die schreckliche Leere
Nur einmal den Atem an.

Wir haben die tonlosen Worte
Gefühlt - vergessen sie nie- betört.
Deine Liebe währt am längsten - auch -
Wenn kein anderer sie hört.

Faustregel für zukünftige Dichter von Balladu

80 Millionen Menschen leben in Deutschland.
70 Millionen davon haben schreiben gelernt.
30 Millionen glauben schreiben zu können.
10 Millionen können schreiben.
1 Million versucht das Geschriebene zu veröffentlichen.
100 Tausend Neuveröffentlichungen pro Jahr, die von
10 Tausend freien Autoren verfasst wurden.
100 Autoren können von ihrer Schreiberei leben.
Balladi, Ballado, Ballada, Balladu - gehören nicht dazu.

Oder dasselbe etwas lyrischer formuliert:

Anni Kloß - Möcht so gern ein Dichter sein...
...die Welt der (noch) namenlosen Dichter.
Eine Ballade

Einmal im Jahr ist ein Dichter der Gott.
Von unten merkt man es nicht gleich.
Das Buch, ein Preis und Medienrummel - flott,
Macht Leser blind, einen Dichter stolz, Verlage reich!
Ruhm schnell verfliegt, die Erinnerung ihm bleibt.
Ballado, Ballada und Balladeibt.

Die Jury lobt das Buch in höchsten Tönen.
Die Leser staunen, zweifeln nur wenig, sie kaufen.
Fühlen Vorfreude pur, hörn sich schon stöhnen.
Wird besser als Sex? - Oder doch nur - Haare raufen?
Der Dichter wird zum Medium.

Balladu, Ballada und Balladum.

Zuerst wird der Klappentext studiert.
Das klingt ziemlich gut, doch weiß man es schon?
Schnell wird begonnen und - sogleich wird alles ruiniert?
Was bedeutet die befremdende Interpunktion.
Der Leser runzelt die Stirn, blättert grübelnd weiter.
Ballado, Balladi und Balladeiter.

Was les ich da? - Ist das auch richtig?
Warum rauchen alle? Fast sieht man die Schwaden.
Ist Qualm für die Handlung so wichtig?
Die Story wird löchrig. Es reißt der zweite Faden.
Dichters Freiheit auch Unsinn gestattet?
Balladu, Ballada und Balladattet.

Und doch liest man weiter, denkt an das Jurylob.
Das kommt noch, es wird schon, gleich kann man's verstehn
Gut formuliert, und doch schwer verständlich - sogar grob.
Ist das das Besondere? - Die Lust ist am vergehn.
Früher lehrten und erklärten die Dichter das Leben.
Balladi, Ballado und Balladeben.

Die Story wird dürftig, die Aussagen fad.
Das Urteil der Jury wandert ins Grab.
Die Vorschusslorbeeren stimulieren dennoch den Verkauf.
Der Leser reißt vergeblich die Augen auf.
Auch Dichterruhm ist nur noch Schall und Rauch.
Ballada, Balladu und Balladauch.

Es liegt auf der Hand, dass fast jeder denkt:
Das geht doch viel besser. Und - das kann ich auch.
Man pfeift auf die Jury. Das falsche Lob - geschenkt.
Bescheidenheit war - ist - bleibt ein guter Brauch.
So steht man fest am Boden, wird nie überheblich.

Ballado, Balladi und Ballaredlich.

Der Verlage falscher Glorienschein verdichtet
Superbunt gefärbte Kritik. Sie klingt durchweg gediegen.
Und doch ist alles nur auf Profit ausgerichtet.
Das Buch - im Selbstverlag - wird todgeschwiegen.
Die Mauer steht. Wie bringt man sie zum Fallen?
Balladu, Ballada und Balladallen?

Seit dennoch mutig, schreibt euren Text.
Seid kritisch, prüft, checkt Absagen und Angebote.
Bezahlt nie fürs Verlegen. Und werdet ihr noch so behext!
Der Autorenüberschuss lockt Betrüger wie As den Kojote.
Die Absahner lauern überall in unserem Land.
Ballado, Balladi und Balladand.

Möcht so gern ein Dichter sein! Aber wer endscheidet - ob?
Warum spielen Medien - Verlage den Killer, den Richter?
  Erkenn den Freund an seiner derben Kritik - ohne Lob.
Mit Geduld könnt, ja werdet ihr es sein - ein Dichter.
Solch ein Poet ist einer wie ihr, ich oder Du.
Ballada, Ballado und Balladu.

Ein neuer Roman von Max Balladu mit dem Arbeitstitel

TOTE BRAUCHEN KEINEN HIMMEL

ist in Vorbereitung und soll 2020/21 veröffentlicht werden

Inhalt:

Im Mittelpunkt des Romans stehen drei voneinander unabhängige Paare aus drei Generationen, mit ihren mehr oder weniger auffälligen Lebensgeschichten. Der Leser lernt diese Menschen mit deren Freunden, Feinden und allen kleinen und großen Sorgen und Freuden kennen.

Zum Ende des Romans kreuzen sich ihre Lebenswege.

Danach hat sich alles für sie verändert.

Vom Autor Max Balladu beim Verlag BoD - Books on Demand, Norderstedt 2015 bzw. 2017 herausgegeben:

Alltagswahnsinn oder Einem Ingeniör ist nichts zu schwör
Messwartengeschichten
Teil 1 und 2
Inhalt:

Die in diesem Buch geschilderten Störungen in der Chemieanlage sind fast alle schon in den bereits veröffentlichten Romanen (s. Anhang oben) verwendet worden. Trotzdem hat der Autor sich entschlossen, die Geschehnisse hier ohne die Verknüpfung mit Kriminalfällen oder Geheimdienstaktionen für die Leser zusammenzufassen.

Die Storys erzählen vom unspektakulären Verhalten der Menschen bei Bränden, Verpuffungen, Störungen und Havarien ver-

schiedener Art und unterschiedlichen Ausmaßes. Manchmal ist für den Außenstehenden gar nicht gleich zu erkennen, dass es sich um eine Störung handelt, die die Operatoren zu schnellem Handeln zwingt. Trotz der beeindruckenden Technik in der Chemie-anlage stehen immer die Menschen im Mittelpunkt der

Handlungen mit ihren Stärken und Schwächen, großen Leistungen und Fehlern, ihren Emotionen von Trauer, Furcht, Enttäuschung, Freude und Liebe bis hin zum Sex, der zum Leben gehört, wie atmen, essen und trinken.

Der Ausgangspunkt der 22 Geschichten des ersten Teils ist die Messwarte eines fiktiven Chemiebetriebes in der Gegenwart. Von hier aus springen die Erinnerungen zurück in die DDR, die Zeit der politischen Wende 1989/90 und landen wieder in der Gegen-wart.

Wer ist hier der Terrorist?
Ein abenteuerlich-kriminaler Roman
Inhalt:

Zwei bereits mehrfach auf Demonstrationen verhaftete, angehende Studenten revoltieren erneut und werden nach einer vorläufigen Festnahme von einem Beamten der Untersuchungsbehörde überzeugt vom westlichen Ruhrgebiet in das östliche Chemiedrei-eck, LUNA - Beuna - Batterfield zu gehen. Dort, im ehemali-

gen LUNA-Werk, das inzwischen zur französis amerikanischen Firma OPA Industrial gehört, heuern sie als Anfahrhelfer für den Start-up des zweiten Produktionsstranges in der V-Fabrik an.

Der in Düsseldorf lebende Detektiv Ernst Wolf erfährt davon und geht der eigenartig anmutenden Sache nach. Einen Sprengstoffanschlag kann Wolf nicht verhindern, aber zusammen mit seiner Mitarbeiterin Paula Peters und den bereits aus den veröffentlichten Büchern von Balladu bekannten Figuren: dem Operator Emil Balla, der Rechtsanwältin Gisela Schulz und dem Haupt-kommissar Malte Schreyer, verhindert er ein Fehlurteil an den zwei jungen Leuten. Außerdem bringt er zusammen mit seinen Freunden einen Mörder zur Strecke, den die Polizei allein nie gefasst hätte.

Ein Mensch 08-15?
Die Biografie eines Ingeniörs

Kriegskind – DDR-Mensch – Weltbürger – BRD-Frührentner

Thomas Prost, der sich selbst als Mensch 08-15 bezeichnet, wird im 2. Weltkrieg geboren, mit sechs Jahren eingeschult und nur einen Monat später DDR-Bürger. Er wächst unter dem religiösen Einfluss seiner Familie auf, wird Ministrant, lehnt die Jugendweihe ab, tritt trotzdem bereits mit achtzehn Jahren aus eigener  Überzeugung in die SED ein und geht für drei Jahre freiwillig zur Armee. Prost studiert Verfahrenstechnik, will danach unbedingt in der Praxis arbeiten, aber die will ihn scheinbar nicht, so dass der unterforderte Ingenieur nach nur 2 Jahren vor Langeweile quasi an die Hochschule in Merseburg flieht. Hier kann er Forschung betreiben, muss Studenten betreuen und schulen, wird in die Parteileitung gewählt, promoviert nach sieben Jahren und kehrt nun wieder in die Praxis zurück. Er folgt dem Ruf eines Freundes und wird Fachingenieur in einer noch im Bau befindlichen Chemieanlage. Dieses Mal will auch die Praxis den Ingenieur Thomas Prost. Er darf gleich zu Beginn die neue Produktionsanlage anfahren, durchlebt Havarien, Störungen, Brände und Unfälle. Nach der

Wende rettet er zusammen mit seinen Kollegen die Existenz der C-V Fabrik mit einer Minilastfahrweise, die eigentlich in das Guinnessbuch der Rekorde gehören würde. Dann wird die Anlage umgebaut, erweitert und wieder ist er beim Anfahren dabei. Mit der Übernahme der Anlage durch einen großen Chemiekonzern ist deren Existenz endgültig gesichert. Die Fabrik wird noch einmal erweitert. Zum dritten Mal ist Prost beim Abenteuer Anfahren dabei und nur vier Jahre später schickt man ihn, aus seiner Sicht vier Jahre zu früh, in Rente. Er braucht sieben Jahre, um das zu begreifen und fängt dann an seine Erlebnisse aufzuschreiben.

Vom Autor Max Balladu beim Verlag tredition GmbH Hamburg 2012/13/14 bereits herausgegeben:

Von diesen Büchern sind nur noch Restbestände beim Autor verfügbar

Die Ede Ceh Story

Inhalt:

Die rein fiktive Story des Brandanschlags auf die Gasstätte bildet den Spannungsrahmen, in den der Autor auf humorvolle Weise die reale Technologie und Technik einer großen Chemieanlage eingearbeitet hat. Es ist das erste Buch zu einem Zyklus von mehreren selbstständigen Romanen, mit denen der Autor den Versuch unternehmen will, das Besondere im Leben der Menschen in der DDR vor und nach der politischen Wende im mehr oder weniger normalen Berufsalltag zu schildern.

Im Anhang dieses Buches befinden sich eine kleine technologische Beschreibung der C-V-Anlage sowie ein einfaches Schema des Hauptstoffflusses.

Mord am Abend und die ‚kleine Revolution'

Inhalt:

In der V-Fabrik der von der Treuhandanstalt verwalteten LUNA AG kommt es zu einem tödlichen Unfall. Einer aus der Mannschaft der Anlage, der ehemalige Seemann Emil Balla glaubt, dass es sich um einen Mord handeln könnte, und schaltet seinen Freund, den Detektiv aus Düsseldorf, Ernst Wolf ein. Tatsächlich finden sie heraus, dass die Verunfallte, die Betriebs-

wirtin der V-Fabrik Ellen Weber, ermordet worden ist. Während Balla die Motive für die infrage kommenden Täter zusammenträgt, analysiert Wolf die Details des Verbrechens, findet den Weg zur Mordwaffe, findet Fußspuren und tüftelt einen Plan aus, wie sie den Täter überlisten und so hundertprozentig des Mordes über-führen könnten. Die Falle schnappt zu, doch die Überraschung ist groß, denn der Fang ist nicht der Erwartete und mit Sicherheit auch nicht der Mörder. Wie konnte das passieren? Gelingt es Balla und Wolf trotzdem den wahren Mörder zu fangen?

Die west-östliche Akte

Inhalt:

Menschen aus Ost und West handeln, trotz Mauer, Hand in Hand beim Anfahren einer neuen Chemieanlage in der DDR. Die Geschichte beginnt mit den beiden jungen, vom Leben in der Bundesrepublik Deutschland enttäuschten Romy und Hans, die sich entscheiden ihr Leben mit einem Bankraub zu verändern. Hans wird gefasst und muss drei Jahre in  den Knast. Romy versteckt die Beute in einem Chemieapparat, der am nächsten Tag schon unterwegs in die DDR ist. Die junge Frau trifft auf der Suche nach dem Geld im chemischen Kombinat LUNA auf die DDR-Besatzung der V-Fabrik, insbesondere auf den ehemaligen Seemann, den Anlagenfahrer Emil Balla. Dessen Liebe mit Romy prägt den ersten Teil. Außerdem ist da der exzellente Monteur Köhler, der als V-Mann des Westens ebenfalls hinter Romy, also dem Geld, her ist und dabei für ein Drama sorgt. Der Stasioffizier Karius und dessen IM Feuer wollen Köhler für sich anwerben, riskieren zu viel und ein junger Mann muss sterben.

Der zweite Teil beginnt mit der Haftentlassung von Hans Krause. Romy hat ihm Informationen hinterlassen und so kommt er auch nach LUNA. Er verliebt sich bei seiner Jagd nach den Moneten in eine ostdeutsche Laborantin.

Der in Düsseldorf ansässige, äußerst pfiffige, wendige und wandelbare Detektiv Wolf, ein ehemaliger Kriminalkommissar, befreundet sich mit dem etwas jüngeren Balla. Sie sind die kleinen von den sogenannten Großen kaum wahrgenommenen
den des Romans.

Ein dramatisches Finale schließt den Roman ab.

Die west-östliche Akte 2

Inhalt:

Hauptkommissar Schreyer bearbeitet seinen zweiten Fall, der ihn wieder in die Vergangenheit beider deutscher Staaten zurück-führt. Dieses Mal stellt er schon am Anfang fest, dass ein Unfall, der sich gerade in der V-Fabrik bei OPA Industrial ereignet hat, mit dem alten Fall verknüpft sein könnte. Er besucht den Betrieb, lernt den extravaganten Operator und Ex-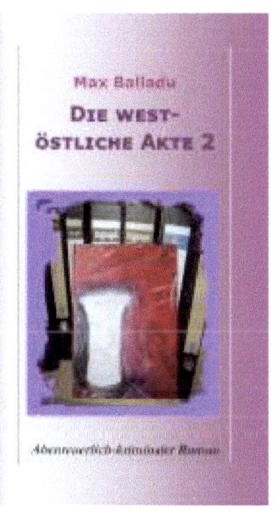Seemann Emil Balla kennen und befreundet sich mit ihm. Mithilfe dieses neuen Kameraden findet der Kommissar die Zusammenhänge zwischen der vor zwei Jahren gefundenen Leiche und deren verwirrende Verknüpfung mit Aktionen der ost- und westdeutschen Geheim-dienste in den Jahren 1981 bis 1983 im großen Chemiewerk LUNA in der DDR heraus.

Die Aufklärung dieser Zusammenhänge aus der Vergangenheit führt für Schreyer und Balla zu der Erkenntnis, dass der Unfall der Gegenwart ein getarnter Mord ist, der der Vertuschung eines kurz bevorstehenden Attentates dienen könnte. Beide begreifen, dass sie schnell handeln müssen, um eine weitere Mordtat zu verhindern.